KB042153

변신 / 시골 의사

Die Verwandlung / Ein Landarzt

006

변신 / 시골 의사
Die Verwandlung / Ein Landarzt

프란츠 카프카 지음

박종대 옮김

책세상

차례

변신

1

어느 날 아침, 그레고르 잠자는 불안한 꿈에서 깨어났을 때 침대에서 흉측한 벌레로 변해 있는 자신을 발견했다. 갑옷처럼 딱딱한 등을 대고 누워 있었는데, 고개를 살짝 들자 아치형의 각질로 뒤덮인 둥근 갈색 배가 보였고, 배의 불룩한 곳에 걸쳐 있던 이불은 금방이라도 흘러내릴 것 같았다. 몸통에 비하면 정말 형편없이 가느다란 다리들이 무수히 눈앞에서 속절없이 반짝거리고 있었다.

'나한테 무슨 일이 일어난 거지?'

그는 생각했다. 꿈은 아니었다. 너무 좁은 느낌이 들기는 하지만 사람 사는 곳이 분명한 그의 방은 친숙한 벽 네 개 사이에 얌전히 놓여 있었다. 그는 전국을 떠도는 외판원이었다. 책상 위에는 포장을 풀어놓은 옷감 견본이 펼쳐져 있었고, 그 위쪽에는 얼마 전 화보 잡지에서 오려 예쁜 금박 액자에 넣은 사진이 걸려 있었다. 털모자를 쓰고 털목도리를 두른 여인이 반듯이 앉아, 아래팔을 전부 가린 두

툼한 털토시를 사람들에게 치켜든 사진이었다.

그레고르의 시선이 창 쪽으로 향했다. 창밖 양철판에 빗방울이 후드득 떨어지는 소리가 들렸다. 궂은 날씨 때문에 더욱 우울해졌다.

'이런 말도 안 되는 일을 싹 잊고 그냥 좀 더 자고 일어나면 괜찮지 않을까?'

그러나 불가능했다. 그는 오른쪽으로 누워 자는 버릇이 있었는데, 지금 상태로는 그 자세를 취할 수 없었다. 있는 힘껏 오른쪽으로 몸을 굴려보았지만 번번이 시소를 타듯 흔들리다가 다시 원래대로 돌아왔다. 백번도 더 시도해보았을 것이다. 그것도 버둥거리는 다리를 보지 않으려고 눈을 질끈 감고서. 그러다 지금껏 느껴보지 못한 뭔가 묵직한 통증이 옆구리 쪽에서 살짝 느껴지기 시작하면서 그만두었다.

'빌어먹을, 나는 왜 하필 이렇게 힘든 직업을 택했을까! 날이면 날마다 출장이라니! 업무 스트레스가 사무실에 가만히 앉아 일하는 것보다 말도 안 되게 커. 게다가 만날 이리저리 고생스럽게 돌아다녀야지, 기차 연결 시간에 신경 써야지, 식사는 불규칙하고 형편없지, 상대하는 사람이 계속 바뀌는 바람에 마음을 터놓을 만한 꾸준한 인간관계는 꿈도 꿀 수 없어. 에라, 당장이라도 때려치우고 싶어!'

그때였다. 배 위쪽이 약간 근질거리는 느낌이 들었다. 그래서 고개를 좀 더 쉽게 들어 올리려고 천천히 등을 밀어 침대 기둥 쪽으로 올라갔다. 근질거리는 지점이 보였는데, 쪼그만 흰 점들로 덮여 있었다. 이게 뭔지 도저히 판단이 서지 않았다. 그는 다리 하나로 그 지점을 만져보려고 하다가 바로 다리를 뺐다. 그곳에 닿자마자 온

10

몸에 소름이 돋았기 때문이다.

그는 다시 처음 위치로 미끄러져 내려왔다.

'이렇게 빨리 일어나니까 이런 터무니없는 일이 벌어지는 거야.' 그는 생각했다.

'그래, 사람은 잠을 충분히 자야 해. 다른 여행객들은 이슬람 규방의 부인들처럼 살아가. 가령 내가 주문받은 내용을 정리하려고 오전 중에 여관으로 돌아오면 그 신사들은 그제야 느긋하게 아침 식사를 해. 내가 그랬단 봐. 사장은 당장 모가지를 날려버릴걸. 물론 그게 오히려 나한테 좋은 일인지 누가 알겠어? 부모님만 아니라면 진작 때려치웠을 거야. 사장한테 당당하게 걸어가 가슴속에 묻어두고 있던 말을 속 시원히 퍼부어버리는 거지! 그러면 사장은 너무 놀라 책상에서 미끄러질 거야. 그 인간은 직원들과 얘기할 때 항상 책상에 앉아 내려다보듯이 말하는 이상한 버릇이 있거든. 그것도 귀가 안 좋다면서 코앞까지 불러놓고서 말이야. 그래, 희망이 아예 없는 건 아냐. 부모님이 사장한테 진 빚을 다 갚을 만큼 돈이 모이면, 물론 5, 6년은 걸리겠지만, 무조건 내가 먼저 때려치울 거야. 그럼 새로운 삶이 시작되는 거야. 그건 그렇고 어쨌든 지금은 빨리 일어나야 해. 5시 기차니까.'

그는 건너편 서랍장 위에서 째깍거리는 자명종으로 눈을 돌렸다.

'맙소사!'

6시 반이었다. 그것도 서서히 움직이던 분침이 벌써 30분을 넘어 45분에 가까워지고 있었다. 자명종이 울리지 않았던 것일까? 알람이 4시에 정확하게 맞추어져 있는 건 침대에서도 보였다. 그렇다면 종소리는 틀림없이 울렸을 것이다. 그럼 무슨 일일까? 가구가 떨릴 정도로 요란하게 종소리가 울리는데도 편안하게 자는 게 가능할까? 그렇다면 그냥 편안하게 잔 것이 아니라 완전히 곯아떨어진 게 분명했다. 이제 어떡하지? 다음 기차는 7시였다. 그걸 타려면 미친 듯이 서둘러야 했다. 옷감 견본집은 아직 싸지도 않았다. 몸도 딱히 가뿐하고 유연한 느낌이 아니었다. 게다가 설령 7시 기차를 탄다고 해도 사장의 날벼락은 피할 수 없을 듯했다. 5시 기차를 기다리던 사환이 사장에게 즉각 그의 지각을 보고했을 테니까 말이다. 사장의 꼭두각시 같은 놈이었다. 줏대도 없고 자기 생각도 없었다. 아프다고 말해볼까? 안 될 말이었다. 그 자체로 곤혹스럽기도 하거니와 믿지도 않을 것이다. 그레고르는 지금껏 5년 동안 근무하면서 단 한 번도 아파본 적이 없었기 때문이다. 분명 사장은 보험회사 의사를 대동하고 집으로 쳐들어와서는 게으른 아들을 둔 부모를 탓할 것이고, 의사의 소견을 앞세워 어떤 항변도 막무가내로 잘라버릴 것이다. 그런 의사의 눈엔 한 종류의 인간밖에 없었다. 건강한데도 일하기 싫어 꾀병을 부리는 인간이었다. 그런데 이번에는 의사의 판단이 완전히 틀렸다고 할 수 있을까? 그레고르는 오래 잤음에도 여전히 남아 있는 졸음기만 제외하면 몸 상태가 아주 좋았고, 심지어 식욕까지 왕성했다.

이런 생각들이 그의 머릿속에서 휙휙 지나갔다. 침대에서 일어나야 할지 아직 결정을 내리지 못한 상태로 말이다. 그때 자명종이 6시 45분을 알리는 종을 울렸고, 동시에 침대 머리맡의 문에서 조심스레 노크 소리가 들렸다.

"그레고르!"

어머니였다.

"6시 45분이야. 출근 안 하니?"

부드러운 목소리였다! 그런데 그레고르는 대답하는 자신의 목소리를 듣는 순간 가슴이 철렁 내려앉았다. 어디를 보나 자신의 예전 목소리가 분명했지만, 몸속 깊은 곳에서 억제할 수 없이 올라오는 어떤 고통스런 찍찍거림이 거기에 섞여 있었다. 이 소리 때문에 그의 말은 처음에만 명확하게 들렸을 뿐, 나중에는 상대가 제대로 알아들었을지 의심이 들 정도로 말이 엉켜버렸다. 그레고르는 자세히 사정을 설명하려고 했지만, 상황이 상황인지라 이렇게밖에 말하지 못했다.

"예, 예, 고마워요, 어머니. 벌써 일어났어요."

나무문 덕분에 밖에서는 그레고르의 목소리가 바뀐 것을 알아차리지 못하는 듯했다. 어머니는 아들의 말에 안심했는지 발을 질질 끌며 문 앞에서 사라졌다. 그런데 이 짧은 대화 때문에 그레고르가 평소와 달리 아직 집에 있다는 사실이 다른 가족들에게도 알려졌다. 이상하게 여긴 아버지가 옆문을 두드렸다. 약하지만 주먹으로 두드리는 소리였다.

"그레고르, 그레고르."

아버지 불렀다.

"무슨 일 있어?"

얼마 뒤에는 좀 더 묵직한 목소리로 다시 한 번 채근했다.

"그레고르! 그레고르!"

반대쪽 옆문에서는 여동생이 걱정스레 나직이 불렀다.

"오빠? 몸이 어디 안 좋아? 뭐 필요한 거라도 있어?"

그레고르는 양쪽 문에다 대고 소리쳤다.

"이제 다 됐어요."

그는 최대한 발음에 신경을 썼고, 단어들 사이에 일부러 충분한 간격을 벌림으로써 목소리의 이상한 점을 숨기려고 했다.

결국 아버지도 식탁으로 돌아갔다. 하지만 여동생은 계속 속삭였다.

"오빠, 문 열어봐. 제발 부탁이야."

그러나 그레고르는 문을 열 생각이 눈곱만큼도 없었다. 오히려 출장을 다니면서 생긴 조심성 덕분에 집에 와서도, 밤중에는 문이라는 문을 모두 꼭꼭 닫아두는 습관을 들인 것을 다행이라 생각했다.

일단 그는 누구의 방해도 받지 않고 조용히 일어나 옷을 입고 밥부터 먹을 작정이었다. 다음 일은 그다음에 생각해도 늦지 않을 것 같았다. 침대에 누워 있으면 생각이 많아져 이성적인 결론에 도달할 수 없었다. 그건 그도 깨달은 바다. 사실, 밤중에 잘못된 자세로 자는 바람에 가벼운 통증을 느꼈지만, 막상 일어나서는 그게 혼자만의 망상이었음을 깨달을 때가 많았다. 그렇다면 오늘의 이 망상도 어떻게 서서히 사라질지 궁금했다. 그는 목소리가 바뀐 게 외판원이라면 달고 살 수밖에 없는 독한 감기의 전조일 뿐이라는 사실을 추호도 의심하지 않았다.

이불을 걷어내는 것은 의외로 간단했다. 배만 살짝 부풀렸는데도 이불이 저절로 미끄러져 내려갔다. 그다음부터가 어려웠다. 무엇보다 몸이 엄청나게 평퍼짐했기 때문이다. 몸을 일으키려면 팔과 손이 필요했는데, 지금 그의 몸엔 작은 다리만 잔뜩 달려 있다. 게다가 다양한 동작으로 쉴 새 없이 움직이는 다리는 마음대로 제어가 되지 않았다. 다리 하나를 구부리려고 해봤는데, 웬걸, 그냥 쭉 펴져버렸다. 그러다 마침내 원하던 대로 다리를 구부리는 데 성공했지만, 그새 다른 다리들이 마치 고삐가 풀린 듯 극도의 흥분상태에서 열심히 꿈틀거렸다.

"침대에 이렇게 쓸데없이 누워 있지는 말자!"

그가 혼잣말처럼 중얼거렸다.

일단 그는 몸의 아랫도리부터 침대 밖으로 밀어내기로 했다. 그런데 아직 본 적도 없고 어떻게 생겼는지 상상도 안 되는 이 신체 부위를 움직이기가 굉장히 힘들다는 사실이 곧 드러났다. 일은 무척더디게 진행되었다. 그러다 미칠 것 같은 순간에 이르자 그는 인정사정없이 전력을 다해 그냥 앞으로 돌진했고, 방향을 잘못 잡아 침대 아래 기둥에 세게 부딪히고 말았다. 화끈거리는 통증이 밀려왔다. 순간 그는 아랫도리가 지금으로선 이 몸에서 가장 예민한 곳이라는 사실을 알게 되었다.

이런 까닭에 그는 상체부터 침대 밖으로 내밀기로 마음먹고 조심스럽게 침대 가장자리 쪽으로 머리를 돌렸다. 이 동작도 쉽게 이루어졌다. 몸통 역시 펑퍼짐하고 무거웠음에도 머리가 가는 방향으로 천천히 움직였다. 그런데 침대 바깥의 허공에 머리가 멈추어섰을 때 덜컥 겁이 났다. 이대로 계속 가다가 침대 밑으로 떨어지면 기적이 일어나지 않는 한 머리를 다치는 건 불을 보듯 뻔했다. 지금은 어떤 일이 있어도 정신을 잃어선 안 되었다. 그렇다면 차라리 침대에 계속 있는 게 나아 보였다.

그는 이전과 똑같은 수고를 들여 다시 침대에 누웠다. 입에서 한숨이 새어나왔다. 다리들이 아까보다 좀 더 심하게 다투는 게 보였다. 이런 야단법석 같은 상황에서 안정과 질서를 유지하는 것이 불가능해 보였을 때, 그는 이렇게 중얼거렸다.

"침대에 이대로 계속 누워 있을 수는 없어. 실낱같은 희망이라도 있다면 어떤 희생을 치르더라도 침대에서 벗어나는 게 사리에 맞아."

아울러 절망적인 상태에서 결정하는 것보다 차분한 상태, 그것도 최대한 차분한 상태로 숙고하는 편이 훨씬 낫다는 사실을 스스로에게 틈틈이 상기시키는 것도 잊지 않았다. 이런 생각을 하면서 눈알을 최대한 옆으로 굴려 창문 쪽을 보았다. 그런데 안타깝게도 좁은 거리의 반대편 끝까지 짙게 깔린 아침 안개를 보는 순간, 바깥 풍경에서 희망과 활기를 얻으려던 생각은 즉시 가라앉고 말았다.

"벌써 7시야."

자명종의 종소리를 들으면서 그가 중얼거렸다.

"7시인데 아직도 저렇게 안개가 끼어 있다니!"

그는 한동안 숨을 얕게 내쉬며 가만히 누워 있었다. 마치 완벽한 정적을 통해 당연하고 정상적인 현실이 돌아오길 기대하는 것처럼.

그러다 다시 중얼거렸다.

"7시 15분 전까지는 무조건 침대에서 완전히 벗어나야 해. 사실 그것도 한참 늦었어. 그 시간쯤이면 회사에서 누군가 찾아와 무슨 일이냐고 물어볼 수도 있어. 회사는 7시 전에 문을 여니까."

그는 이제 몸을 쭉 뻗은 상태에서 측면으로 반듯하게 침대에서 떨어질 채비를 했다. 떨어질 때 고개만 바짝 쳐들면 머리를 다치는 일은 없을 것 같았다. 등은 단단해 보였다. 밑에 카펫이 깔려 있으니까 떨어지더라도 큰 타격은 없을 것이다. 다만 걱정되는 건 소리였다. 떨어질 때 쿵 소리가 나는 건 막을 도리가 없었다. 이 소리를 들으면 온 가족이 기겁까지는 아니더라도 걱정을 할 게 분명했다. 하지만 그 정도 모험은 감수해야 했다.

그레고르는 벌써 침대 밖으로 몸을 반쯤 내밀었다. 이 과정은 힘든 노동이 아니라 놀이에 가까웠다. 계속 반동을 주며 몸을 약간씩 옆으로 밀기만 하면 되었다. 그럼에도 누군가 도와주면 쉽게 끝날 일 같다는 생각이 퍼뜩 들었다. 그의 머릿속에 떠오른 사람은 아버지와 하녀였다. 힘센 두 사람만 있으면 일도 아닐 듯했다. 그의 둥근 등 밑으로 팔을 집어넣고 침대에서 살짝 들어 올려 밖에 내려놓은 뒤 그가 몸을 굴려 바닥에 똑바로 설 수 있게 지켜보기만 하면 되었다. 그다음에는 작은 다리들이 부디 제 역할을 해주기만 바랐다. 그런데 방 안의 모든 문이 잠겨 있는 건 제외하더라도 정말 밖으로 소리쳐 도움을 청해야 할까? 지금의 이 난감한 상황에도 그는 생각이 그리 미치자 자기도 모르게 피식 미소가 피어올랐다.

이젠 좀 더 강한 몸의 반동에도 웬만큼 균형을 잡을 수 있는 수준에 이르렀다. 더 지체할 시간이 없었다. 이젠 정말 결정을 내려야 했다. 7시 15분까지 5분밖에 남지 않았다. 그때였다. 현관에서 초인종 소리가 났다.

"회사에서 사람이 왔군."

그가 중얼거렸다. 몸이 돌덩이처럼 굳어지는 게 느껴졌다. 그럴수록 작은 다리들은 더 바쁘게 춤을 추었다. 일순 집안에 정적이 흘렀다.

"문을 안 열어주려나?"

그레고르는 당치도 않은 희망에 사로잡혀 중얼거렸다. 잠시 후 하녀가 여느 때처럼 뚜벅뚜벅 현관 쪽으로 걸어가더니 문을 열었다. 그레고르는 방문객의 첫 인사말만 듣고도 누군지 바로 알아차렸다. 지배인이었다. 대체 무슨 놈의 팔자가, 자신은 조금만 늦어도 의심의 눈초리를 희번덕거리는 회사에 다니고 있을까? 모든 직원을 하나같이 꾀나 부리는 놈팽이로 아는 걸까? 아침에 고작 몇 시간 늦었다고 양심의 가책으로 어쩔 줄 몰라 하고, 침대를 떠나지 못해 가슴 졸이는 성실하고 충직한 직원은 한 명도 없다고 생각하는 걸까? 게다가 이렇게까지 꼭 찾아와서 물어봐야겠다면 그냥 수습사원을 보내도 충분하지 않았을까? 그런데도 지배인이 직접 왔다. 그의 애먼 가족에게 이 수상쩍은 사건의 조사는 오직 지배인 소관이라는 사실을 이런 식으로 꼭 보여주었어야 했을까? 그레고르는 차분한 숙고 끝에 결정한 것이 아니라 이런 생각으로 너무 화가 나서, 그만 있는 힘껏 침대 밖으로 몸을 내던졌다. 쿵 소리가 났다. 우려할 만큼 크지는 않았다. 카펫 때문에 추락의 충격은 완화되었고, 등도 그레고르의 생각보다 탄력이 있었다. 따라서 유별나게 둔중한 소리는 나지 않았다. 다만 머리를 바짝 치켜들고 있어야 한다는 걸 깜박한 나머지 바닥에 부딪히고 말았다. 그는 너무 짜증이 나고 아파서 얼른 머리를 돌려 카펫에 문질렀다.

"저 방에서 뭔가 떨어졌나 보군요."

지배인이 왼쪽 옆방에서 말했다.

그레고르는 언젠가 지배인에게도 오늘 자신과 비슷한 일이 일어나지 않을까 상상해보았다. 그럴 가능성이 있다는 건 누구나 인정할 수밖에 없다. 그러나 지배인은 이 질문에 퉁명스럽게 대꾸라도 하듯 옆방에서 몇 걸음 단호하게 걸었다. 에나멜 구두에서 뿌직뿌직 소리가 났다.

오른쪽 옆방에서 여동생이 그레고르가 알아들을 수 있을 정도로 속삭였다.

"오빠, 지배인이 왔어."

"알아."

그레고르가 툭 내뱉었다. 그런데 동생이 들을 만큼 목소리를 충분히 높일 엄두는 나지 않았다.

"그레고르! 지배인님이 오셨다. 네가 5시 기차를 왜 타지 않았는지 궁금해하신다. 우린 뭐라 대답해야 할지 모르겠구나. 너와 따로 얘기하고 싶은 것도 있으신가 봐. 그러니 문 좀 열어봐. 방 안이 어지러운 건 지배인님도 너그러이 이해하실 게다."

왼쪽 옆방에서 아버지가 말했다.

"안녕하세요, 잠자 씨!"

지배인이 중간에 끼어들며 친절하게 인사했다.

"쟤가 몸이 안 좋아요."

아버지가 문에 붙어 계속 얘기하는 동안 어머니가 지배인에게 말했다.

"정말이에요. 제 말을 믿으세요, 지배인님. 그렇지 않고서야 그레고르가 어떻게 기차를 놓치겠어요! 젊은 애가 머릿속에 회사밖에 없어요. 저녁에도 밖에 나가질 않아요. 얼마나 속이 터지는지 몰라요. 출장에서 돌아온 지 벌써 여드레나 됐는데 매일 저녁 집구석에만 처박혀 있어요. 저기 식탁에 앉아 얌전하게 신문을 읽거나 기차 시간표나 들여다보는 게 다예요. 취미라고 해봤자 실톱으로 목공예나 하는 게 고작이고요. 예전에는, 2, 3일 뚝딱뚝딱하더니 작은 액자를 하나 만들기도 했어요. 얼마나 예쁜지 몰라요. 지배인님도 보시면 아마 깜짝 놀라실 거예요. 지금 저 방에 걸려 있는데, 그레고르가 문을 열면 바로 보실 수 있을 거예요. 아무튼 지배인님이 오셔서 얼마나 다행인지 몰라요. 우리만으로는 그레고르가 방문을 열게 할 수가 없어요. 어찌나 고집이 센지…. 몸이 안 좋은 게 분명해요. 그런데도 이른 아침에는 괜찮다고 하더라고요."

"곧 나가요."

그레고르가 천천히, 그리고 느긋하게 대답했다. 그러면서 대화를 한마디도 놓치지 않으려고 바짝 긴장한 채 꼼짝도 하지 않았다.

"부인, 저도 다른 일이 있을 거라고는 생각하지 않습니다. 심각한 상태가 아니었으면 좋겠군요. 다만 이걸 애석하다고 해야 할지, 아니면 다행이라고 해야 할지는 모르겠지만, 아무튼 다른 한편으로 보면 우리 같은 직장인은 몸이 웬만큼 안 좋은 건 회사를 위해 그냥 이겨내야 한다는 겁니다."

지배인이 말했다.

"지배인님이 이제 들어가도 되겠니?"

아버지가 초조하게 물으면서 다시 방문을 두드렸다.

"안 돼요!"

그레고르가 답했다. 왼쪽 옆방에서는 난감한 침묵이 흘렀고, 오른쪽 옆방에서는 여동생이 흐느끼기 시작했다.

동생은 왜 다른 사람들에게 가지 않고 저렇게 혼자 있는 걸까? 어쩌면 막 침대에서 일어나 옷을 아직 챙겨 입지 못했을지 모른다. 그렇다 쳐도 왜 우는 걸까? 그가 밖으로 나오지 않고, 지배인도 방으로 들이지 않아서? 그래서 직장에서 잘리고, 사장이 예전처럼 부모님에게 다시 빚을 갚으라고 독촉할까 봐? 이건 어쨌든 당분간은 쓸데없는 걱정이었다. 그레고르는 아직 여기 버젓이 살아 있고, 가족을 저버릴 생각도 전혀 없었다. 다만 자신이 지금 어떤 꼴로 카펫 위에 누워 있는지 안다면 지배인을 안으로 들이지 않는다고 해서 탓할 사람은 없을 듯했다. 게다가 나중에 적당한 핑계로 쉽게 넘어갈 수도 있을 이 사소한 결례 때문에 그레고르를 즉각 자르지는 못할 것이다. 그렇다면 그레고르가 볼 때, 괜한 말로 귀찮게 하거나 질질 짜지 말고 제발 자신을 가만히 내버려두는 게 훨씬 이성적인 행동일 것 같았다. 다만 자신의 현재 사정을 모르니 저렇게 곤혹스러워하고 저렇게 행동할 수도 있겠다 싶었다.

"잠자 씨."

지배인이 이제 목소리를 높였다.

"대체 무슨 일입니까? 당신은 지금 방 안에서 농성을 하고 있어요. '예, 아니요'로만 대답하면서 부모님께 쓸데없이 큰 걱정을 끼쳐드리고 있어요. 기왕 말이 나온 김에 덧붙이자면 이건 직무 유기예요. 그것도 지금껏 듣도 보도 못한 방식으로요. 나는 여기서 당신의 부모님과 사장님의 이름으로, 현 상황에 대해 명백한 해명을 진지하게 요구합니다. 정말 깜짝 놀랄 일입니다. 무슨 이런 일이 있어요? 나는 지금껏 당신이 차분하고 이성적인 사람이라고 생각했는데, 이제 보니 이상하게 변덕을 부리고 그걸 이상한 방식으로 시위하는군요. 사장님은 오늘 새벽 당신의 지각을 두고, 혹시 얼마 전 당신이 거래처에서 수금한 돈 때문이 아닌지 넌지시 암시를 하셨는데, 그때 난 내 명예를 걸고 절대 그런 사람이 아니라고 단호하게 말씀드렸습니다. 그런데 여기 와서 당신이 이렇게 이해할 수 없는 고집을 피우고 있는 걸 보니 당신을 두둔하고 싶은 마음이 싹 달아났습니다. 당신 일자리는 고정직이 아니에요! 원래는 당신과 단둘이 얘기를 나누려고 했는데, 내 소중한 시간까지 이렇게 허비한 마당에 굳이 당신 부모님에게까지 숨겨야 할 이유를 모르겠군요. 최근 당신 실적은 무척 안 좋아요. 물론 특별히 매출이 오르는 시즌이 아니라는 건 우리도 알아요. 하지만 거래 실적이 전혀 없는 건 이해가 안 돼요. 잠자 씨, 그건 있을 수 없는 일이에요!"

"하지만 지배인님!"

그레고르가 정신 나간 사람처럼 소리쳤다. 너무 흥분해서 다른 건 다 잊은 듯했다.

"당장 문을 열게요. 몸이 약간 안 좋고 어지럽기는 하지만, 일어나는 데는 문제가 없어요. 지금도 침대에 누워 있어요. 하지만 이제 기운이 납니다. 침대에서 막 일어났어요. 잠깐만 기다려주세요. 잠깐만요! 생각만큼 아직 몸 상태가 좋지는 않은 것 같아요. 하지만 곧 괜찮아질 거예요. 어떻게 이런 일이 생길 수 있을까요! 어제저녁에만 해도 말짱했어요. 그건 부모님도 아세요. 아니, 사실 어제저녁에 살짝 조짐이 있었어요. 보면 알 정도로요. 그때 회사에 왜 알리지 않았는지 모르겠어요. 하지만 우리는 결근하지 않고도 병을 이겨낼 수 있다고 늘 생각하잖아요. 지배인님! 제 부모님한테는 뭐라 하지 말아주세요! 그리고 지배인님이 지금 저한테 질책하셨던 건 너무 억울합니다. 아무도 저한테 그런 얘기를 해주지 않아서 까맣게 모르고 있었어요. 제가 최근에 주문장을 보냈는데, 아직 보시지 못한 것 같습니다. 어쨌거나 저는 8시 기차로 출장을 떠나겠습니다. 몇 시간 쉬었더니 기운이 납니다. 부디 노여움을 푸십시오, 지배인님! 저는 바로 일하러 가겠습니다. 너그럽게 용서해주시고,

사장님께도 좋게 말씀해주시길 부탁드립니다!"

그레고르는 너무 급하게 말을 쏟아내는 바람에 자신이 무슨 말을 하는지도 제대로 알지 못했다. 그 와중에 서랍장까지는 손쉽게 접근했다. 그전에 침대에서 연습한 것이 도움이 된 듯했다. 그는 서랍장에 몸을 기대고 일어나려 했다. 이제 정말 문을 열고, 자기 모습을 보여주고, 지배인과 이야기를 나눌 작정이었다. 그렇게 문을 열어달라고 안달하던 사람들이 자신의 모습을 보고 뭐라고 할지 정말 궁금했다. 만일 그들이 기겁을 한다면, 그건 그레고르 책임이 아니기에 그는 그냥 가만히 있으면 되었다. 혹시 그들이 이 모든 걸 차분히 받아들인다면, 그도 흥분할 이유가 없었다. 그냥 8시 기차에 맞춰 서둘러 역으로 가면 되었다.

처음엔 표면이 매끈한 서랍장에서 몇 번 미끄러졌다. 그러다 마침내 몸을 휙 돌려 똑바로 서는 데 성공했다. 아랫도리가 화끈거렸지만 이제 그런 통증 따위는 개의치 않았다. 그는 가까운 의자 등받이로 몸을 날렸고, 작은 다리들로 등받이 가장자리를 꽉 붙잡았다. 이로써 자기 몸을 통제할 수 있는 수준에 이르렀다. 그때 밖에서 지배인 목소리가 들렸다. 그는 일단 귀를 기울였다.

"한마디라도 알아들었습니까? 설마 우리를 놀리는 건 아니겠죠?"

지배인이 그레고르의 부모에게 물었다.

"그럴 리가 있겠어요!"

어머니가 울음 섞인 목소리로 소리쳤다.

"쟤가 정말 많이 아픈가 봐요. 그런 애를 우리가 너무 괴롭혔어요. 그레테! 그레테!"

어머니가 소리쳤다.

"어머니?"

여동생이 반대편에서 대답했다.

두 사람은 그레고르의 방을 사이에 두고 말을 주고받았다.

"얼른 달려가서 의사를 모셔 오거라. 네 오빠가 많이 아프다. 의사한테 가서 서둘러 와달라고 해. 근데 너는 그레고르가 무슨 말을 하는지 알아들었니?"

"짐승 소리였어요."

지배인이 말했다. 어머니의 눈물겨운 외침에 비하면 눈에 띄게 나직한 목소리였다.

"아나! 아나!"

아버지가 부엌 쪽으로 소리치고는 손뼉을 쳤다.

"당장 열쇠장이를 데려와!"

어느새 두 소녀가 치마를 펄럭이며 복도를 달려가더니 현관문을 홱 열어젖혔다. 여동생은 어떻게 그렇게 빨리 옷을 입었을까? 아무튼 문이 닫히는 소리는 들리지 않았다. 원래 큰 불행이 닥친 집에서는 문을 열어두는 법이다.

그레고르는 한결 차분해졌다. 사람들은 자신의 말을 알아듣지 못했지만, 자신에게는 그 말이 충분히 명확하게, 그러니까 예전보다 더 명확하게 느껴졌다. 아마 그사이 귀가 적응한 듯했다. 어쨌든 사람들은 이제야 그에게 무슨 큰 문제가 생겼음을 믿고, 그를 도와줄 채비를 했다. 식구들이 믿음직스럽고 확실하게 일차 조치를 취하고 있다는 사실이 기분 좋게 다가왔다. 다시 인간세계로 떨어진 느낌이었다. 의사와 열쇠장이 두 사람이 멋지고 깜짝 놀랄 성과를 보여주길 기대했다. 둘을 정확하게 구분하지도 못하면서 말이다. 아무튼 점점 다가오는 지배인과의 결정적 담판에서 최대한 분명한 목소리를 내기 위해 그는 헛기침을 몇 번 했다. 소리는 되도록 죽이려고 애쓰면서. 이 소리 역시 인간의 헛기침과는 다르게 들릴 수도 있었기 때문이다. 심지어 자신도 이게 둘 중 어느 쪽인지 결정 내릴 수 없었다. 그사이 옆방은 조용해졌다. 아마 부모님이 지배인과 식탁에 앉아 쑥덕거리고 있거나, 다들 그의 방문에 귀를 대고 있을 것 같았다.

그레고르는 천천히 의자를 문 쪽으로 밀어놓은 다음, 의자에서 몸을 던져 문을 잡고 섰다. 발바닥에 점액질이 약간 묻어 있어서 문을 잡기가 수월했다. 그럼에도 지금껏 몸을 움직이느라 힘이 들어서, 잠시 그렇게 서서 휴식을 취했다. 그러다 자물쇠에 꽂힌 열쇠를 입으로 돌리려고 했다. 잘되지 않았다. 안타깝게도 입안에는 이빨이라고 할 만한 게 없는 듯했다. 그렇다면 무엇으로 열쇠를 잡아야 할까? 대신 턱은 무척 단단해 보였다. 실제로 그는 턱을 이용해서 열쇠를 움직였다. 그 과정에서 입에서 갈색 액체가 열쇠 위로 흘러 바닥에 뚝뚝 떨어졌다. 분명 어딘가에 상처가 난 것 같지만 그런 데 신경 쓸 겨를이 없었다.

"들리세요?"

옆방에서 지배인이 말했다.

"열쇠를 돌리고 있어요!"

이 말이 그레고르에게 큰 격려가 되어주었다. 그는 다들 그렇게 응원해주기를 바랐다. 아버지와 어머니도 '조금만 더 힘내! 열쇠를 힘껏 돌려보라고!' 하고 외쳐주기를 바랐다. 아무튼 그는 자신이 이렇게 애쓰는 걸 다들 긴장한 채로 지켜보고 있다는 상상을 하면서, 힘이라는 힘은 죄다 끌어모아 정신없이 열쇠를 꽉 물었다. 열쇠가 조금씩 돌아가는 정도에 따라 그의 몸도 열쇠를 따라 춤을 추듯 조금씩 돌아갔다. 이제는 입으로만 몸을 지탱했다. 필요할 때는 열쇠에 매달리거나, 온몸의 무게로 열쇠를 누르기도 했다. 마침내 자물쇠가 딸깍 하는 맑은 소리와 함께 열리는 순간, 그레고르는 그야말로 정신이 번쩍 들었다. 그는 안도의 한숨을 내쉬며 중얼거렸다.

"이젠 열쇠장이를 부를 필요가 없겠지?"

이어 그는 문을 완전히 열기 위해 머리를 문손잡이에 대고 눌렀다.

문은 안쪽으로 열렸기 때문에 이미 활짝 열린 상태에서도 밖에서는 그의 모습이 보이지 않았다. 그는 한쪽 날개문을 천천히 돌아서 나왔다. 그것도 거실로 나가기 전에 등으로 떨어지지 않기 위해 아주 조심스럽게. 그는 힘든 동작에 열중하고 있었기에 다른 데 신경 쓸 겨를이 없었다. 그때 지배인의 입에서 "으악" 소리가 터져나왔다. 마치 돌풍이 쌩 하고 지나가는 듯한 소리였다. 이제 그레고르도 지배인을 보았다. 문 옆에 가장 가까이 서 있던 지배인은 벌어진 입을 손으로 막고 한 발 한 발 뒷걸음질하고 있었다. 마치 보이지 않는 어떤 힘이 앞에서 서서히 밀어내는 듯했다. 어머니는 처음엔 가슴 앞에 두 손을 모으고 아버지를 바라보았고, 그다음엔 그레고르에게 두 걸음 걸어가다가 그만 풀썩 주저앉고 말았다. 지배인이 있는데도 간밤부터 풀어헤친 머리는 곤두서 있었고, 치마는 사방으로 넓게 펼쳐졌으며, 얼굴은 가슴에 파묻혀 보이지 않았다. 반면에 아버지는 마치 그레고르를 방 안으로 도로 처넣을 듯이 적의에 찬

표정으로 주먹을 불끈 쥐고 있었고, 이어 불안하게 거실을 둘러보더니 양손으로 눈을 가린 채 단단한 가슴이 떨릴 정도로 울기 시작했다.

그레고르는 이제 거실로 바로 나가지 않고 방 안쪽의 꽉 잠긴 다른 날개문에 기대섰다. 밖에서는 몸통 절반과 옆으로 갸우뚱한 머리만 보였는데, 그는 이런 자세로 다른 사람들의 기색을 살폈다. 그 사이 날이 꽤 밝아졌다. 거리 맞은편에 끝없이 이어질 것 같은 짙은 잿빛의 기다란 건물 일부가 또렷이 보였다. 일정한 간격으로 앞으로 튀어나온 창문이 돋보이는 병원 건물이었다. 비가 내리고 있었다. 땅 위로 하나하나 떨어지는 것이 또렷이 보일 정도로 굵직한 빗방울이었다. 식탁 위에는 식기들이 상당히 많이 놓여 있었다. 아버지에게 아침은 하루 중 가장 중요한 식사 시간이어서, 아버지는 몇 시간씩 죽치고 앉아 아침을 먹으며 신문을 몇 개나 읽었다. 맞은편 벽에는 군대 시절의 그레고르 사진이 걸려 있었다. 소위 계급장을 단 그가 대검에 손을 대고 해맑게 웃는 모습이 이 자세와 제복에 대한 경의를 요구하는 듯했다. 복도문과 현관문이 동시에 열려 있어서 현관 앞의 층계참과 아래쪽으로 내려가는 계단의 시작 지점이 보였다.

그레고르는 여기서 평정심을 유지하고 있는 사람이 자기뿐이라는 사실을 알아차리고 마침내 입을 열었다.

"그럼 저는 곧 옷을 입고, 견본집을 챙겨서 출발하겠습니다. 그래도 되겠죠, 지배인님? 거 보십시오, 저는 고집불통이 아니고 일도 좋아합니다. 출장이 좀 힘들기는 하지만, 출장 없이는 못 사는 사람입니다. 지배인님은 이제 어디로 가실 건가요? 회사요? 그러시겠죠. 회사에 가시면 모든 걸 사실대로 보고하실 건가요? 사실, 누구나 당장 일을 할 수 없는 상황이 생길 수 있습니다. 하지만 그 것도 나중에는 이전의 실적을 떠올리면서 더욱 분발하고, 그 어려운 상황이 극복되면 분명 더 근면하고 집중해서 일할 좋은 기회가 될 수 있습니다. 저는 사장님께 많은 신세를 지고 있습니다. 그건 지배인님도 잘 아시겠지요. 다른 한편으론 제 부모님과 여동생에 대한 걱정도 있습니다. 저는 지금 곤궁에 처했지만 분명 다시 벗어날 겁니다. 그러니 이렇게 힘든 저를 제발 더는 힘들게 하지 말아주십시오. 회사에 가시면 제 편을 들어주세요! 회사 사람들이 외판원을 좋아하지 않는다는 건 저도 압니다. 무슨 떼돈을 벌어서 호화스럽게 사는 줄 알죠. 지금껏 그런 편견을 바로잡을 기회가 딱히 없었습니다. 지배인님은 다른 어떤 직원들보다 그런 사정을 더 잘 알고 계십니다. 심지어 사장님보다도요. 사실 사장님은 기업주다 보니 무슨 일이 생기면 직원들에게 불리한 쪽으로 판단하시는 경향이 있습니다. 지배인님도 잘 아시다시피, 외판원은 거의 1년 내내 회사 밖으로 돌다 보니 근거 없는 비방이나 구설수나 오해에 시달릴 때가 많습니다. 그런데도 뭐라 변명할 기회조차 없습니다. 그런 이야기 자체를 모를 때가 많기 때문이죠. 게다가 출장에서 돌아오면 녹초가 되고, 원인을 알 수 없는 증상으로 만신창이가 되는 사람이 그런 말에 신경 쓸 정신이 어디 있겠습니까? 지배인님, 가시기 전에 어쨌든 제 말이 일부라도 맞는 구석이 있다고 한마디만 해주고 가십시오!"

그런데 지배인은 그레고르의 입에서 첫말이 흘러나오는 순간 이미 등을 돌렸다. 그러고는 입술을 삐죽 내민 채 움찔거리는 어깨

너머로 그를 돌아보기만 했다. 지배인은 그레고르가 말하는 동안 그에게서 한순간도 눈을 떼지 않으면서 문 쪽으로 천천히 걸음을 옮겼다. 마치 거실을 떠나면 안 된다는 은밀한 금지령이라도 내려져 있다는 듯이 살금살금. 그러다 현관 복도에 이르자마자 거실에서 발을 뺐는데, 갑작스런 그 동작이 어찌나 번개 같던지 발바닥에 불이 붙지 않을까 염려될 정도였다. 지배인은 현관 복도에서부터 벌써 바깥 계단 쪽으로 오른손을 길게 뻗었다. 마치 그곳에 하늘의 구원이 기다리고 있다는 듯이.

그레고르는 지배인을 절대 이대로 보내서는 안 된다는 걸 직감적으로 깨달았다. 이런 상태로 보냈다가는 그의 일자리가 날아가는 것은 시간문제였다. 부모님은 이 모든 상황을 아직 간파하지 못하고 있었다. 지난 수년 동안 아들이 이 회사를 평생 다닐 거라고만 믿어온 분들이었다. 게다가 지금은 이 뜻밖의 상황에 대한 걱정으로 경황이 없어 이 일이 앞으로 어떻게 전개될지 생각할 여유가 없었다. 그러나 그레고르는 앞날이 뻔히 보였다. 지배인을 붙잡아 진정시키고, 설득하고, 그래서 어떻게든 자기편으로 끌어들여야 했다. 그레고르와 가족의 미래가 달린 일이었다. 아, 동생이 있었다면! 그레테는 영리했다. 그레고르가 침대에 등을 대고 누워 있을 때 이미 불안한 낌새를 눈치채고 흐느끼던 아이였다. 바람둥이인 지배인은 분명 동생에게 넘어갔을 것이다. 동생은 일단 현관문을 닫고 복도에서부터 지배인을 살살 구슬려 놀란 가슴을 진정시켰을 것이다. 그런데 지금은 동생이 없었다. 그렇다면 그레고르가 직접 나설 수밖에 없었다. 자신이 현재 얼마나 움직일 수 있는지도 모르고, 상대가 십중팔구 자신의 말을 알아듣지 못하리라는 사실도 까맣게 잊은 채. 아무튼 그는 기대서 있던 날개문에서 떨어져 방을 나갔고, 벌써 현관 앞의 층계참 난간을 우스꽝스럽게 두 손으로 꽉 붙들고 있는 지배인에게 가려고 했다. 그러나 바로 다음 순간, 무언가 잡을 것을 찾아 허공을 허우적거리다가 짧은 외마디 비명과 함께 앞으로 넘어졌고, 많은 다리들이 바닥에 닿았다. 이 일이 일어나자마자 그는 그날 아침 처음으로 몸이 편안해졌다. 다리들이 단단한 바닥을 안정적으로 디딘 채 자신의 뜻대로 완벽하게 따라주는 것을 기쁜 마음으로 확인했다. 심지어 다리들은 자신이 원하는 대로 이동시켜줄 채비도 했다. 이로써 그는 지금까지의 육체적 고통이 끝나는 것도 멀지 않았다고 생각했다. 그런데 그가 바닥에서 움직임을 자제하느라 몸을 흔들고 있을 때, 얼마 떨어지지 않은 곳에서 어머니를 보았다. 넋이 나간 사람처럼 멍하니 앉아 있던 어머니는 그를 보는 순간 갑자기 공중으로 펄쩍 뛰어오르더니 두 팔을 벌리고 손가락을 뻗으며 소리쳤다.

"사람 살려! 사람 살려!"

어머니는 그레고르를 좀 더 자세히 보려는 듯 고개를 숙였지만, 이내 고개를 다시 들고는 정신없이 달아났다. 등 뒤에 음식을 차려놓은 식탁이 있다는 것도 잊은 채 식탁에 도착하자마자 그냥 아무 생각 없이 서둘러 앉았다. 그 바람에 커다란 커피포트가 쓰러져 카펫 위로 커피가 줄줄 흘러내리는 것도 알아차리지 못하는 것 같았다.

"어머니, 어머니!"

그레고르가 나직이 부르며 어머니를 올려다보았다. 순간 지배인의 존재는 그의 머릿속에서 완전히 지워졌다. 흘러내리는 커피를 보는 순간 자기도 모르게 허공으로 입을 벌리며 허겁지겁 받아

30

마셨기 때문이다. 그걸 본 어머니는 다시 기겁을 하며 비명을 질렀고, 그와 동시에 식탁에서 일어나, 맞은편에서 서둘러 달려오는 아버지의 품에 안겼다. 이제 그레고르는 부모님 때문에 지체할 시간이 없었다. 지배인이 벌써 계단을 내려가고 있었기 때문이다. 그는 계단 난간에 턱을 괴고 마지막으로 뒤를 돌아보았다. 그레고르는 그를 최대한 빨리 따라잡으려고 힘껏 내달렸다. 지배인도 그걸 눈치챘는지 한꺼번에 계단을 여러 개씩 뛰어내려가더니 자취를 감추었다. 그의 입에서 터져나온 "어이쿠!" 소리가 마지막으로 층계참에서 울려 퍼졌다. 지금껏 비교적 자제력을 유지하고 있던 아버지도 안타깝지만 지배인이 도망친 뒤에는 완전히 정신이 나간 사람 같았다. 본인이 직접 지배인을 쫓아가거나, 아니면 최소한 쫓아가는 아들을 방해하지는 말았어야 했는데, 그러기는커녕 오히려 지배인이 소파에 모자와 외투와 함께 두고 간 지팡이를 오른손에 쥐고, 왼손에는 식탁에서 커다란 신문을 집어든 채 발로 바닥을 쿵쿵 굴리고 지팡이와 신문을 휘두르면서 그레고르를 방 안으로 다시 몰아넣으려 했다. 그레고르가 아무리 애원해도 소용없었다. 어떤 말도 통하지 않았다. 그가 얌전히 고개를 흔들었음에도 아버지는 더 강하게 발을 굴렀다. 건너편에서 어머니는 차가운 날씨에도 창문을 활짝 열고 밖으로 몸을 쑥 내민 채 두 손으로 얼굴을 감싸 쥐고 있었다. 골목과 계단실 사이에서 발생한 강한 바람 때문에 창문 커튼이 위로 날아올라갔고, 식탁 위의 신문들도 펄럭거리더니 마침내 몇 장이 바닥에 나풀나풀 떨어졌다. 아버지는 야수처럼 쉿쉿 소리를 내며 아들을 인정사정없이 몰아붙였다. 그레고르는 아직 뒤로 걷는 연습을 해본 적이 없었기 때문에 속도가 무척 느렸다. 몸만 뒤로 돌리면 방으로 들어가는 건 금방일 듯했다. 하지만 두려웠다. 몸을 돌리는 사이 아버지가 인내심을 잃고 언제든 손에 든 지팡이로 그의 등짝이나 머리를 내려칠 수 있었기 때문이다. 그러면 끝장이었다. 그러다 결국 그 방법 말고는 다른 길이 없다는 깨달음의 순간이 찾아왔다. 이렇게 계속 뒤로 걷다가는 어디가 어디인지 도무지 방향을 가늠할 수 없음을 경악 속에서 알아차린 것이다. 이렇게 해서 그는 불안스레 아버지를 계속 곁눈질하면서 최대한 빨리 몸을 돌리기 시작했다. 물론 실제로는 무척 느린 동작이었다. 아버지도 아들의 선의를 알아챈 모양이었다. 몸을 돌리는 것을 방해하지 않고, 심지어 멀리서 지팡이 끝으로 이리저리 방향을 가르쳐주었기 때문이다. 아, 제발 아버지가 저 듣기 싫은 쉿쉿 소리만 내지 않았으면! 저 소리 때문에 미칠 것 같았다. 심지어 그가 몸을 거의 다 돌렸을 때 이 소리에 줄곧 신경을 쓰느라 방향을 착각해서 다시 몸을 약간 되돌리는 일까지 벌어졌다. 그러다 다행히 머리가 방 쪽으로 방향을 제대로 잡았지만, 이제는 그의 몸이 너무 펑퍼짐해서 이대로는 문을 통과할 수 없을 것 같았다. 그렇다고 지금 아버지의 상태로 보건대, 그레고르가 충분히 지나갈 수 있도록 아버지가 다른 쪽 날개문을 열어줄 리는 만무했다. 아버지는 오직 아들을 되도록 빨리 방 안으로 몰아넣어야 한다는 한 가지 생각밖에 없었다. 만일 그레고르가 몸을 똑바로 일으키면 문을 통과할 수도 있을 것 같았지만, 번거로운 준비 과정이 필요한 그 일을 아버지가 허용해줄 리 없어 보였다. 오히려 아버지는 앞에 어떤 장애물도 없다는 듯이 그 거슬리는 소리와 함께 그를 더욱 몰아붙였다. 뒤에서 들리는 소리는 더 이상 하나밖에 없는 아버지의 목소리가 아니었다. 장난기라고는 조금도 없었다. 그레고르는 될 대로 되라는 심정으로 방문 사이로 몸을 밀어넣었다. 몸 한쪽이 문틈에 끼여 비스듬히 들렸고, 한쪽 옆구리는 문에 쓸려 하얀 문에 흉한 자국을 남겼다. 그는 곧 문에 낀 채로 혼자서는 옴짝달싹할 수 없는 신세가 되었다. 한쪽 다리는 파르르 떨면서 공중에 매달렸고, 다른 쪽 다리는 고통스럽게 바닥에 짓눌렸다. 그때 아버지가 정말 구원과도 같이 뒤에서 그를 힘껏 밀었다. 그레고르는 피를 철철 흘리며 방 안쪽으로 휙 내동댕이쳐졌다. 그와 동시에 문은 지팡이로 쳐서 쾅 닫혔고, 마침내 온 세상이 조용해졌다.

2

그레고르는 해 질 녘에야 기절 상태와 비슷한 깊은 잠에서 깨어났다. 방해 소음이 없었다고 하더라도 분명 더 늦게 깨지는 않았을 것이다. 이미 충분히 쉬고, 늘어지게 잔 느낌이었기 때문이다. 그를 깨운 건 후딱 지나가는 발소리와 현관 쪽 복도문을 조심스럽게 닫는 소리인 듯했다. 가로등 불빛이 천장과 가구 윗부분을 여기저기 창백하게 비추고 있었다. 그레고리가 있는 아래쪽은 어두웠다. 그는 밖의 동태를 살피려고 천천히 문 쪽으로 기어갔다. 그 과정에서 더듬이를 어색하게 움직이면서 이 기관의 중요성을 알아차렸다. 왼쪽 옆구리에 불쾌한 느낌으로 당겨오는 긴 상처가 나 있었다. 그 바람에 그는 양쪽 두 줄의 짧은 다리로 걸으면서 절룩거렸다. 더구나 오전의 소동 중에 심하게 다친 다리 하나가 힘없이 질질 끌렸다. 사실 그런 일을 겪고도 다리 하나만 다친 것은 기적이나 다름없었다.

문에 이르러서야 그는 본래 무엇이 자신을 이리로 유혹했는지 깨달았다. 음식 냄새였다. 문 앞에 달콤한 우유가 담긴 사발이 놓여 있었고, 그 안에는 흰 빵 조각이 둥둥 떠 있었다. 그는 웃음이 터질 뻔할 정도로 너무 기뻤다. 아침때보다 엄청나게 배가 고팠기 때문이다. 그는 즉시 눈이 우유에 잠길 정도로까지 사발에 머리를 박았다. 하지만 곧 실망해서 머리를 바로 뺐다. 이제는 호흡을 하면서 온몸을 함께 써야 음식을 먹을 수 있었는데, 다친 왼쪽 옆구리 때문에 먹기가 영 불편했을 뿐 아니라 음식 자체도 지독히 맛이 없었다. 원래 그는 우유를 아주 좋아했고, 그 때문에 여동생이 방 안에 우유를 들여놓았을 것이다. 아무튼 그는 역겨운 표정으로 사발에서 고개를 돌려 다시 방 한가운데로 기어갔다.

그레고르는 문틈으로 밖을 살폈다. 거실에는 가스등이 켜져 있었다. 평소에는 이 시각쯤이면 아버지가 어머니나 가끔 여동생에게도 석간신문을 소리 높여 읽어주곤 했는데, 지금은 아무 소리도 안 들렸다. 여동생이 늘 이야기하고 편지에도 썼던 이 낭독이 지금은 아예 중단된 모양이었다. 사방이 조용했지만, 집 안에 사람이 있는 건 분명했다.

"식구들이 왜 이리 조용할까?"

그레고르가 중얼거렸다.

그는 어둠 속을 가만히 바라보면서, 부모님과 여동생이 이렇게 아름다운 집에서 이렇게 편안하게 살 수 있도록 해준 사람이 자신이라는 사실에 큰 자부심을 느꼈다. 그런데 이 모든 평온과 풍요로움, 만족감이 끔찍하게 끝나버리면 어떻게 해야 할까? 그레고르는 이런 생각에 빠지지 않으려고 방을 이리저리 계속 기어다녔다.

긴 저녁 시간 동안 한쪽 옆문이 한 번, 다른 쪽 옆문이 또 한 번 빠끔 열렸지만 다시 재빨리 닫혔다. 누군가 안으로 들어오려고 하다가 갖가지 고민이 들면서 문을 닫은 게 분명했다. 그레고르는 거실쪽 문에 바짝 다가가, 망설이는 방문객을 어떻게든 안으로 들이거나 아니면 최소한 그가 누구인지는 알아내기로 마음먹었다. 그러나 이제 문은 더 이상 열리지 않았다. 기다려도 소용없었다. 방문이죄다 잠겨 있던 이른 아침에는 다들 들어오려고 난리더니, 정작 그가 거실 쪽 문을 열어두고 다른 옆문들도 낮 동안에 분명 열려 있었을 지금은 누구도 들어오려고 하지 않았다. 열쇠도 바깥에서 꽂혀있었다.

밤늦게야 거실에 불이 꺼졌다. 부모님과 여동생이 그때까지 자지 않고 있었다는 건 쉽게 확인할 수 있었다. 세 사람이 발꿈치를 들고 살금살금 멀어지는 소리가 또렷이 들렸기 때문이다. 이제 아침까지는 그레고르 방에 들어올 사람이 없었다. 그렇다면 이제부터아무 방해 없이, 자신의 삶을 어떻게 새롭게 꾸려나갈지 숙고할 시간은 충분했다. 문득 천장이 높은 방에서 줄곧 바닥에 납작 엎드려지내야만 한다는 사실에 가슴이 죄어왔다. 벌써 5년째 이 방에서살았는데, 어째서 그런 불안감이 생기는지 알 수 없었다. 그는 거의자동 반사적으로 몸을 틀어 얼른 소파 밑으로 기어들어갔다. 수치심이 없지 않았고, 등이 약간 눌리고 고개를 마음대로 들 수 없었음에도 아주 편안했다. 다만 몸통이 너무 넓어서 소파 밑에 몸을 완전히 다 숨길 수 없는 것이 아쉬웠다.

그레고르는 밤새 거기서 지냈다. 어떤 때는 깜박 잠이 들었다가너무 배가 고파 화들짝 일어나길 반복했고, 어떤 때는 갖가지 걱정과 막연한 희망에 빠지기도 했다. 그런데 아무리 고민해도 결론은 하나였다. 당분간 차분하게 행동하고, 자신으로 인해 야기된 이 불쾌한 상황을 가족들이 견딜 수 있게 최대한 인내하고 배려해야 한다는 것이었다.

아직 한밤중이나 다름없는 이른 아침에 이미 그레고르에게 자신의 결심을 시험할 기회가 왔다. 아래위로 옷을 거의 완벽하게 챙겨 입은 동생이 현관 복도 쪽에서 다가와 문을 열더니 잔뜩 긴장한 채로 안을 들여다보았다. 그가 어디 있는지 바로 찾지는 못했지만, 얼마 뒤 소파 밑에서 그를 찾아냈다. 사실, 그도 어딘가에는 있어야할 게 아닌가! 땅으로 꺼지지도, 하늘로 솟지도 않았다면 말이다! 그런데 동생은 그를 보고 기겁을 하더니 금세 자제력을 잃고 밖에서 문을 쾅 닫아버렸다. 하지만 자신의 행동이 후회됐는지 바로 다시 문을 열고는 마치 중환자나 낯선 사람의 방에 들어갈 때처럼 발꿈치를 들고 살금살금 들어왔다. 그레고르는 소파 가장자리에서 고개를 빠끔 내밀고 동생을 관찰했다. 그가 우유에 입도 대지 않았다는 사실을 알아차릴까? 그것도 식욕이 없어서 그런 게 아니라는걸 알아차릴까? 그래서 그의 입맛에 맞는 다른 음식을 갖다줄까? 동생이 혼자 알아서 그렇게 하지 않는 한, 동생에게 그렇게 해달라고 매달리느니 차라리 굶어 죽고 싶었다. 물론 속으로는, 당장 소파밑에서 기어나가 동생의 발밑에 엎드려 제발 먹을 것을 갖다달라고 애원하고 싶은 마음이 굴뚝같았지만 말이다. 동생은 주변에 약간 흘린 우유만 빼고 거의 그대로인 사발을 의아한 표정으로 내려다보더니 즉시 사발을 집어 들었다. 그것도 맨손이 아닌 걸레로 말이다. 동생은 그렇게 사발을 들고 방을 나갔다. 그레고르는 이제 동생이 어떤 음식을 갖고 올지 기대에 부풀었다. 머릿속으로 온갖 상상을 해보았지만, 동생이 자신을 위해 갖고 올 음식이 무엇일지 도무지 짐작이 되지 않았다. 이윽고 동생이 돌아왔다. 그의 입맛을 시험해보려고 갖가지 음식을 가져와 낡은 신문지 위에 펼쳐놓았다. 거기엔 반쯤 상한 야채도 있었고, 어제저녁에 먹다 남은, 하얀 소스가 묻은 뼈다귀도 있었으며, 건포도와 아몬드 몇 알, 그레고르가 이틀 전에 못 먹겠다고 남긴 치즈, 말라 굳은 빵, 버터를 바른 빵, 버터에다 소금까지 뿌린 빵도 있었다. 게다가 영원히 그레고르 혼자의 것으로 지정해둔 듯한 사발에다 물까지 담아왔다. 동생은 오빠가 자기 앞에서는 음식을 먹지 않을 것 같은지 급히 방을 나가 밖에서 문을 잠갔다. 이제 혼자서 편안히 음식을 시험해보라는 뜻이 담긴 배려였다. 그레고르의 다리들이 이제 음식을 향해 총알같이 움직였다. 게다가 상처도 벌써 완전히 아문 것 같았다. 전혀 불편함이 느껴지지 않았다. 놀라운 일이었다. 한 달 전에 칼에 살짝 베인 손가락은 그제까지도 상처가 아물지 않아 통증이 있지 않았던가!

'감각이 둔해진 것일까?'

그는 이렇게 생각하며 치즈를 게걸스럽게 빨아먹었다. 다른 어떤 음식보다 보자마자 바로 구미가 당긴 음식이었다. 그는 치즈와 야채, 소스를 차례로 폭풍 흡입하면서 너무 행복해 눈물이 날 지경이었다. 반면에 신선한 음식들은 맛이 없었다. 심지어 냄새조차 맡기 싫어, 먹고 싶은 음식만 따로 멀찌감치 끌어다놓았다. 식사가 끝난 지 한참이 지났지만 그는 여전히 배가 부른 상태로 그 자리에 늘어져 있었다. 그때였다. 동생이 천천히 열쇠를 돌렸다. 오빠더러 얼른 물러나라는 신호였다. 잠이 들락 말락 하던 상태였던 그레고르는 소스라치게 놀라 얼른 소파 밑으로 사라졌다. 그런데 동생이 방 안에 머문 시간은 짧았음에도 소파 밑에 머물러 있는 데는 극도의 인내가 필요했다. 배불리 먹은 음식으로 몸이 약간 부푼 바람에 비좁은 공간에서는 숨조차 쉬기 힘들었기 때문이다. 그는 질식할 것 같은 상태를 간신히 버텨내며 조금 튀어나온 눈으로 동생을 지켜보았다. 아무것도 모르는 동생은 먹다 남은 음식을 빗자루로 쓸어 모았다. 게다가 그레고르가 입도 대지 않은 음식들도 더는 필요가 없다는 듯 쓸어 모아 나무 뚜껑이 달린 통 안에 쏟아붓고는 부리나케 나갔다. 동생이 몸을 돌리자마자 그레고르는 소파 밑에서 기어나와 몸을 쭉 뻗고 편하게 부풀렸다.

이런 식으로 그레고르는 매일 음식을 받아먹었다. 부모와 하녀가 잠든 새벽에 한 번, 그리고 온 식구가 점심 식사를 마친 뒤에 한 번, 그렇게 두 번이었다. 두 번째 식사는 부모가 식사 후 잠깐 낮잠을 즐기고, 하녀가 여동생 심부름으로 뭔가를 사러 간 사이에 주어졌다. 물론 부모도 그레고르가 굶어 죽는 건 분명 원치 않았다. 하지만 그레고르에게 음식을 갖다준다는 걸 듣는 것만으로 충분했지, 그 이상 세세하게 알고 싶어 하지는 않았다. 어쩌면 동생은 부모의 슬픔을 조금이라도 덜어주려고 그랬는지 모른다. 그들도 어쨌든 실제로 무척 괴로워하고 있었기 때문이다.

그 일이 있었던 날 오전, 그레고르는 식구들이 어떤 핑계로 의사와 열쇠장이를 다시 돌려보냈는지 듣지 못했다. 사람들이 그의 말을 알아들을 수 없다면, 그레고르 역시 남의 말을 알아듣지 못할 거라고 생각했기 때문이다. 여동생까지도 말이다. 그래서 동생이 방에 들어왔을 때 그가 이따금 듣는 말이라고는 한숨 소리나 성인에게 기도하는 소리가 고작이었다. 나중에야, 그러니까 동생이 이 모든 상황에 약간 적응한 뒤에야(사실 완벽한 적응은 당연히 꿈도 꿀 수 없다) 그레고르는 가끔 동생의 다정한 말이나, 다정하게 해석될 수 있는 말을 들을 수 있었다. 가령 그레고르가 음식을 깨끗이 먹어 치우면 "오늘은 맛이 있었나 보네"라든지, 아니면 그 반대로 음식을 남기는 일이 점점 잦아질 때는 슬픈 목소리로 "오늘도 거의 입을 안 댔네" 같은 말이었다.

그가 새로운 소식을 직접 들을 기회는 없었다. 다만 옆방에서 주고받는 말을 통해 간간히 주워들었다. 어디선가 목소리가 들린다 싶으면 그레고르는 곧장 그쪽 문으로 달려가 온몸을 바짝 밀착시켰다. 초창기에는 아무리 낮은 목소리로 소곤대더라도, 어떤 식으로든 그와 연관되지 않은 대화는 없었다. 처음 이틀 동안은 식사 때마다 이제 어떻게 해야 좋을지를 두고 상의하는 소리가 계속 들려왔다. 물론 식사 때가 아닌 시간에도 그와 관련한 이야기는 빠지지 않았다. 집에는 항상 최소한 두 사람은 남아 있었고, 누구도 혼자 집에 있으려고 하지 않았으며, 그러면서도 집을 완전히 비워둘 수는 없었기 때문이다. 하녀는 그날 일에 대해 무엇을 얼마나 정확히 알고 있는지는 모르겠지만, 첫날에 바로 어머니 앞에 엎드려 제발 자기를 이 집에서 내보내달라고 애원했고, 승낙을 받자 15분 후에 바로 작별 인사를 하면서 눈물까지 흘리며 자신의 해고를 고마워했다. 마치 그게 이 집 사람들이 자신에게 베풀 수 있는 최고의 선행이라도 되는 것처럼 말이다. 게다가 누가 따로 요구하지도 않았는데, 이 집 아들 일은 누구한테도 발설하지 않겠다고 철석같이 맹세했다.

이제 동생은 어머니와 한 팀이 되어 요리를 해야 했다. 힘들지는 않았다. 식구들이 어차피 거의 먹지 않았기 때문이다. 누군가 다른 이에게 식사를 권하면 "고맙지만 충분히 먹었다"라거나 그 비슷한 대답만 돌아왔다. 그레고르가 반복해서 들은 대화였다. 술도 마시지 않는 듯했다. 동생이 종종 아버지에게 맥주 한잔하시지 않겠냐고 물었고, 그럴 의향이 있으면 자신이 직접 사오겠다고 했다. 그런데도 아버지가 침묵하면 이런저런 의구심을 잠재워주려고 건물 관리인에게 부탁해도 된다고 말했다. 그러면 아버지도 그제야 큰 소리로 "그럴 필요 없다"고 대답했다. 그와 함께 맥주 이야기는 더는 나오지 않았다.

그 일이 있던 날, 아버지는 집안의 재산 현황과 전망에 대해 어머니뿐 아니라 동생에게도 설명했다. 그러다 가끔 식탁에서 일어나, 5년 전 사업 실패로 파산할 당시 용케 건진 작은 베르트하임 금고에서 이런저런 서류와 장부를 꺼내왔다. 아버지가 복잡한 자물쇠를 열고, 찾던 물건을 꺼낸 다음 다시 닫는 소리가 들렸다. 아버지의 설명은 그레고르가 이렇게 방에 갇히고 나서 들었던 그나마 반가운 소리였다. 그레고르는 사업 실패 이후 아버지에게 남은 것이 전혀 없다고 생각해왔다. 아버지도 그와 상반되는 이야기를 해준적이 없었고, 그레고르도 아버지에게 그런 이야기를 물은 적이 없었다. 당시 그레고르의 가장 큰 관심거리는 가족 모두를 완전히 나락으로 떨어뜨린 사업 실패를 되도록 빨리 잊게 하는 것뿐이었다. 그래서 발바닥에 땀이 날 정도로 열심히 일했고, 그 덕에 일개 말단 점원에서 외판원으로 고속 승진했다. 외판원으로 일하면 돈을 벌 다른 가능성들이 있었고, 영업 실적에 따라 커미션 형태로 즉시 현금이 수중에 떨어졌다. 그는 이런 돈을 감탄하고 행복해하는 가족들 앞에 보란 듯이 내놓았다. 아름다운 시절이었다. 이후 그런 호시

절은, 적어도 그 정도로 반짝거리던 시절은 두 번 다시 돌아오지 않았다. 그럼에도 그레고르는 온 가족을 건사할 수 있을 만큼 돈을 벌었고, 실제로 그 돈으로 가족을 먹여 살렸다. 시간이 가면서 다들 이런 상황에 익숙해졌다. 그건 다른 식구뿐 아니라 그레고르도 마찬가지였다. 식구들은 고마워하며 돈을 받았고, 그는 흔쾌히 돈을 내놓았다. 하지만 그들 사이에 예전과 같은 각별한 감흥은 더 이상 존재하지 않았다. 단지 여동생만 여전히 그레고르에게 애틋한 감정으로 남아 있었다. 심지어 그와 달리 음악을 무척 사랑하고 바이올린을 기가 막히게 연주하는 동생을 비용 같은 건 따지지 않고 내년에는 꼭 음악원에 보낼 계획까지 속으로 품고 있었다. 그러려면 큰돈이 들겠지만, 그건 다른 식으로 충당하면 된다고 생각했다. 그레고르가 출장에서 돌아와 집에 짧게 머무는 동안 종종 동생과 함께 음악원에 관한 이야기를 나누곤 했다. 물론 늘 실현할 수 없는 아름다운 꿈으로만 남아 있었고, 부모님도 그런 물정 모르는 이야기를 듣고 싶어 하지 않았다. 하지만 그레고르는 매우 구체적으로 그런 생각을 했고, 성탄절 저녁에는 엄숙하게 그런 계획을 털어놓을 작정이었다.

현 상태에서는 아무짝에도 소용없는 이런 생각들이 그의 머릿속을 지나갔다. 지금 그는 문에 똑바로 붙어 서서 바깥쪽으로 귀를 기울이고 있었다. 간혹 몸이 너무 지쳐 아무 소리도 들리지 않았다. 그럴 때면 자기도 모르게 문에다 머리를 박았고, 그러다 순간적으로 깜짝 놀라 동작을 멈추었다. 그가 일으킨 이런 작은 소리조차 옆방에 들려 다들 입을 다물었기 때문이다. 그러다 얼마 뒤 아버지가 말했다.

"저놈이 또 무슨 짓을 하는 거야?"

아버지는 아들의 방 쪽을 보고 이런 말을 한 게 틀림없었다. 어쨌든 그 뒤에야 중단된 대화가 서서히 재개되었다.

그레고르는 이제, 파산이라는 엄청난 불행에도 불구하고 집안에 큰 액수는 아니지만 재산이 조금 남아 있고, 그사이 손대지 않은 이자까지 붙어 돈이 약간 불어나 있다는 사실을 알게 되었다. 피곤한 상태임에도 충분히 알아들을 수 있었던 것은, 어머니가 이 모든 이야기를 한 번에 바로 알아듣지 못해 몇 번이나 물었고, 아버지 본인도 오래전의 일이라 잘 기억이 나지 않아 여러 번 설명을 반복했기 때문이다. 게다가 이 돈 말고도 그레고르가 매달 자기 용돈으로 몇 굴덴만 떼고 모조리 집에 내놓은 돈도 전부 쓰지는 않아 약간의 목돈으로 모여 있었다. 문 뒤에서 이 이야기를 듣고 있던 그레고르는 열심히 고개를 끄덕거리며 이 예상치 못한 사리 분별력과 근검절약 정신에 흐뭇함을 감추지 못했다. 사실 이 돈이라면 아버지가 사장에게 진 빚을 웬만큼 갚을 수 있었고, 그랬다면 그레고르가 직장을 때려치울 날도 한층 더 가까워졌을 것이다. 하지만 막상 지금 상황이 되고 보니 아버지가 그 돈을 빚 갚는 데 쓰지 않고 남겨둔 것은 정말 잘한 일이었다.

물론 이 돈은 거기서 나오는 이자만으로 한 가족이 살아가기엔 턱없이 부족했다. 원금을 생활비로 쓴다고 해도 기껏해야 2년 정도나 살 수 있을까 싶었다. 그렇다면 이건 절대 손을 대서는 안 되고, 정말 필요할 때 꺼내 써야 할 비상금이었다. 생활비는 따로 벌어야 했다. 그런데 아버지는 건강하기는 하지만 5년 동안 아무 일도 하지 않아 기대할 게 많지 않은 노인네였다. 게다가 죽어라 고생만 하고 성공을 거두지 못한 인생의 첫 휴가나 다름없던 그 5년 동안 살이 많이 붙어서 몸놀림이 둔했다. 그렇다면 늙은 어머니가 돈을 벌어야 할까? 천식을 앓고 있어서 집 안을 돌아다니는 것도 힘이 들어 호흡곤란으로 이틀에 한 번꼴로 창문을 열어놓고 소파에 누워 있어야 하는 사람이? 그렇다고 아직 열일곱 살밖에 안 된 동생보고 돈을 벌어오라고 해야 할까? 예쁘게 옷을 차려입고, 늘어지게 잠을 자고, 간간이 집안일을 거들고, 가끔 소박한 무도회에 가고, 할 줄 아는 거라고는 바이올린 연주밖에 없는 곱게 자란 철부지한테? 그레고르는 식구들이 반드시 돈을 벌어야 한다고 이야기할 때마다 얼른 방문에서 떨어져 문 옆의 서늘한 가죽 소파에 몸을 던졌다. 부끄럽고 슬퍼서 얼굴이 화끈거렸기 때문이다.

그레고르는 긴 밤 내내 소파에 누워 있을 때가 많았다. 그럴 때면 잠시도 눈을 붙이지 못하고 몇 시간씩 가죽만 긁어댔다. 어떤 때는 끙끙대며 소파를 창가에 밀어놓은 다음 창턱으로 기어 올라가 소파를 밟고 창문에 기대기도 했다. 예전에 창밖을 내다보고 있으면 느껴졌던 해방감에 대한 기억 때문이 분명했다. 지금은 날이 갈수록 사물이 조금만 떨어져 있어도 점점 더 흐릿해 보였다. 맞은편 병원 건물은 아예 보이지도 않았다. 예전에는 눈만 돌리면 그 자리에 버티고 서 있던 그 건물을 향해 욕을 많이 했다. 만일 지금 사는 곳이 조용하지만 도회지풍의 샤를로텐 거리임을 몰랐다면, 창밖으로 보이는 풍경이 잿빛 하늘과 잿빛 대지가 서로 구분할 수 없게 하나로 붙어버린 삭막한 황야라고 해도 믿을 것 같았다. 세심한 동생은 소파가 창가에 놓인 것을 두 번밖에 보지 않았음에도, 방을 깨끗이 청소한 다음에는 늘 창가 쪽으로 소파를 정확히 다시 밀어놓았다.

심지어 이제는 창문 한쪽을 열어두기도 했다.

 그레고르는 동생과 대화를 나눌 수 있고, 이 모든 수고에 고맙다
는 말만 할 수 있어도 동생의 시중을 받아들이기가 한결 수월할 것
같았다. 그러나 그런 일은 일어날 리 없었고, 시중을 받는 것은 계
속 괴로움으로 남았다. 물론 동생은 오빠가 수치심을 느끼지 않게
하려고 최대한 노력했고, 당연히 시간이 갈수록 더 잘해냈다. 그러
나 그레고르 역시 시간이 흐를수록 이 모든 과정의 이면을 점점 더
정확히 꿰뚫어보았다. 이제는 동생이 방에 들어오는 것부터가 공
포였다. 동생은 들어오자마자 곧장 창가로 달려가, 금방이라도 숨
이 막혀 죽을 사람처럼 다급하게 창문부터 활짝 열어젖혔다. 이전
에는 다른 식구들이 오빠 방을 들여다보지 못하게 하려고 방문부
터 닫던 아이가 이제는 그럴 여유조차 없어 보였다. 동생은 날이 아
직 쌀쌀한데도, 열어놓은 창문 앞에 한동안 서서 숨을 깊이 들이마
셨다. 이렇게 하루에 두 번 동생이 창가로 달려가 창문을 여는 소리
는 그레고르를 공포에 떨게 했다. 그는 내내 소파 밑에 납작 엎드려
벌벌 떨었다. 동생이 그레고르가 있는 방에 창문을 닫은 채로 머물
수만 있다면 그런 일로 괴로워하는 일은 없을 텐데!

 그레고르가 벌레로 변신한 지도 벌써 한 달이 지났다. 이제는 동
생도 오빠의 모습을 보고 그다지 놀라지 않을 때도 되지 않았나 싶
었다. 그런데 한번은 동생이 평소보다 일찍 들어오는 바람에 그레
고르가 미동도 없이 흉측한 자세로 서서 창밖을 내다보는 모습을
보고 말았다. 사실 그레고르로서는 이런 자세로 동생의 창문 여는
행위를 방해했기 때문에 동생이 방에 들어오지 않아도 이해하지
못할 일은 아니었다. 그런데 동생은 그냥 들어오지 않은 것이 아니

라 몸을 휙 돌리더니 문을 쾅 닫아버렸다. 모르는 사람이 봤더라면, 그레고르가 동생을 노리고 있다가 갑자기 덤벼들기라도 한 것처럼 오해하기 십상이었다. 그는 얼른 소파 밑으로 숨어들어갔다. 그러나 동생은 들어오지 않았다. 돌아온 건 정오 때가 되어서였다. 동생은 평소보다 훨씬 불안해 보였다. 그걸 보면서 그레고르는 동생이 자신을 여전히 견디기 힘들어하고, 앞으로도 계속 그럴 것임을 알아차렸다. 게다가 동생이 소파 밑으로 삐져나온 그의 몸 일부를 보고도 놀라 도망치지 않으려면 여전히 상당한 자제력이 필요하다는 사실도 알아차렸다. 결국 어느 날 그는 자신의 모습을 동생에게 보여주지 않으려고 네 시간 동안 끙끙대며 시트를 등에 지고 소파로 끌고 가, 소파 밑에 숨어도 그의 몸을 완전히 가릴 수 있도록 시트를 내렸다. 이제는 설사 동생이 몸을 숙인다고 해도 그의 모습은 보이지 않았다. 혹시 동생이 굳이 이렇게까지 할 일이 아니라고 생각한다면 그냥 시트를 치워버릴 것이다. 이런 식으로 자기 모습을 완전히 가리는 것이 오빠에게도 결코 달가울 일이 아니라는 건 충분히 짐작할 수 있었기 때문이다. 그러나 동생은 시트를 그냥 내버려두었다. 아니, 심지어 동생이 이 새로운 조치를 어떻게 생각하는지 살펴보려고 조심스럽게 시트를 살짝 들추어보았을 때 그는 동생의 고마워하는 눈빛까지 느낄 수 있었다.

부모님은 처음 열나흘 동안은 아들의 방에 들어갈 엄두를 내지 못했다. 대신 오빠 방에 들어가 이것저것 돌봐주는 여동생을 보면서 칭찬을 아끼지 않았다. 그전까지는 별 쓸모가 없는 애라며 자주 구박을 받던 동생이었다. 어쨌든 그랬던 두 분이 지금은 동생이 그레고르의 방을 청소하는 동안 문 앞에서 기다릴 때가 많았다. 동생은 밖으로 나오자마자 방이 지금 어떤 상태이고, 그레고르가 무엇을 먹었고, 이번에는 어떤 행동을 했는지, 그리고 혹시 좋아질 기미는 보이는지 자세히 이야기해야 했다. 어머니는 될 수 있으면 빨리 그레고르를 만나보고 싶어 했다. 아버지와 동생은 처음엔 알아들을 만한 말로 만류했다. 그레고르가 들어봐도 충분히 납득이 가는 이유였다. 그런데 나중에는 어머니를 완력으로 제지해야 했다. 그럴 때면 어머니는 이렇게 소리쳤다.

"그레고르한테 가게 해줘. 내 불쌍한 아들이야! 어미가 아들한테 간다는데 왜 말리는 거야?"

그레고르는 이 말을 들으면서 생각했다.

'어쩌면 어머니가 들어오는 게 나을지 몰라. 매일은 아니고 일주일에 한 번만이라도.'

어찌 됐건 어머니는 동생보다 모든 면에서 나았다. 사실 동생은 용기가 가상하기는 하나 아직 애일 뿐이었고, 어쩌면 오빠를 돕는 이 어려운 과제를 떠맡은 것도 깊이 생각하지 않고 행동하는 어린아이의 경솔함에서 비롯된 것일 수도 있었다.

어머니를 보고 싶은 소망은 곧 이루어졌다. 그레고르는 낮에는 되도록 부모님을 배려해서 창가 쪽으로 가지 않았다. 그렇다고 하루 종일 좁은 방바닥만 기어다닐 수는 없었다. 이제는 밤중에 가만히 누워 있는 것도 견디기 힘들었고, 먹는 것도 즐겁지 않았다. 대신 심심풀이 삼아 벽과 천장을 이리저리 기어다니는 습관이 붙었다. 특히 천장에 달라붙어 있는 것을 좋아했다. 그러고 있으면 바닥에 누워 있을 때와는 완전히 색다른 느낌이 들었다. 좀 더 자유롭게 숨을 쉴 수 있었고, 온몸에 가벼운 전율까지 일었다. 한번은 그레고르가 천장에 붙어 있다가 행복에 취해 잠깐 방심하는 바람에 자기도 모르게 바닥에 쿵 떨어졌다. 그런데 이제는 예전과 달리 몸을 손쉽게 제어할 수 있어서 높은 데서 떨어졌는데도 다치지 않았다. 동생도 오빠가 그사이 새로 개발한 이 놀이를 즉시 알아보았다. 그가 기어다니면서 곳곳에 남긴 점액질의 흔적 때문이었다. 동생은 오빠가 최대한 넓게 기어다닐 수 있도록 방해가 되는 가구들, 특히 서랍장과 책상을 치워주기로 마음먹었다. 그런데 이건 혼자서 할 수 있는 일이 아니었다. 그렇다고 아버지에게 도와달라고 부탁할 엄두는 나지 않았다. 새로 들어온 하녀도 도와주지 않을 게 분명했다. 이 열여섯 살 하녀는 씩씩하게 잘 버텨내고는 있었지만, 처음 들어올 때부터 부엌문을 계속 잠가두고 특별히 일이 있을 때만 부엌에서 나가겠다는 조건으로 들어왔기 때문이다. 이렇게 해서 여동생으로서는 이제 아버지가 없는 틈을 타서 어머니를 데리고 들어가는 수밖에 없었다. 어머니는 기쁨의 탄성을 지르며 아들 방으로 향했다. 그런데 그레고르 방문 앞에 이르자 갑자기 입을 꾹 다물었다. 동생은 방 안에 이상이 없는지 먼저 살펴본 다음에 어머니를 들였다. 그레고르는 최대한 서둘러 소파 밑으로 시트를 더 깊이 내리고 주름까지 더 잡았다. 그러고 나니까 그냥 우연히 시트가 소파 위에 던져진 것처럼 보였다. 그레고르는 이번엔 시트를 들추고 바깥 동정을 살피는 것을 포기했다. 어머니를 지금 바로 보는 것도 단념했다. 그냥 지금 어머니가 여기 있다는 사실만으로 기뻤다.

"어서 와요, 오빠는 안 보이는 데 있어요."

동생이 말했다. 어머니의 손을 잡고 끄는 게 분명했다. 그레고르는 이제 연약한 여자 둘이서 무거운 옛 서랍장을 바닥에서 미는 소

48

리를 들었다. 너무 무리한다고 염려하는 어머니의 말에도 아랑곳하지 않고 동생 혼자 대부분의 힘을 다 쓰는 소리도 들렸다. 한참이 걸렸다. 15분쯤 지났을 때 어머니는 서랍장을 여기 그대로 두는 게 낫겠다고 했다. 이유는 이랬다. 우선 너무 무거워서 아버지가 돌아오기 전까지 일을 마치지 못할 수도 있고, 그게 아니더라도 서랍장을 방 한가운데 놓으면 그레고르가 지나다니는 데 불편하지 않겠냐는 것이다. 두 번째 이유는 가구를 이렇게 치우는 걸 그레고르가 좋아하지 않을 수도 있다는 것이다. 자기가 볼 땐 오히려 그 반대일 가능성이 높아 보인다. 지금 이 휑한 벽을 보는 자신의 마음이 벌써 이렇게 아린데, 오랫동안 이 가구에 익숙해져 있던 그레고르는 왜 그런 기분이 들지 않겠냐, 이 휑한 방 안이 오히려 더 쓸쓸하게 느껴지지 않겠냐는 것이다.

"그렇지 않겠니?"

어머니가 속삭이다시피 낮은 목소리로 말했다. 그레고르가 정확히 어디 있는지는 모르지만, 아들이 목소리의 울림이라도 듣게 되는 걸 피하려는 듯했다. 아들이 이제는 사람의 말을 알아듣지 못한다고 확신하는 게 분명했다.

"가구를 치우는 건 우리가 그레고르가 호전될 거라는 희망을 포기하고, 인정머리 없이 혼자 알아서 하라고 방치하는 것으로 비치지 않겠니? 나는 방을 예전 상태로 놔두는 게 최선이라고 생각해. 나중에 그레고르가 우리한테 다시 돌아왔을 때 모든 게 그대로인 것을 보면 힘든 시절을 더 쉽게 잊을 수 있지 않겠니?"

그레고르는 어머니의 말을 들으면서, 두 달 가까이 인간과 직접 대화를 나누지 못하고 가족 내에서도 지극히 단조로운 생활만 하다 보니 자신의 분별력까지도 흐려졌음을 깨달았다. 그렇지 않고 서야 자신의 방이 깨끗이 치워지기를 어떻게 진심으로 갈망할 수 있었을까? 대대로 내려온 가구들이 포근하게 비치된 이 정겨운 방을 정말 횅한 동굴로 바꾸고 싶었던 것일까? 물론 그리되면 아무 방해 없이 사방으로 마음껏 기어다닐 수는 있겠지만, 동시에 과거의 인간 삶을 완전히 잊어버리는 건 시간문제로 보였다. 지금 벌써 거의 잊어버리려고 하지 않는가? 그런 그를 흔들어 깨워준 것은 오랫동안 듣지 못한 어머니의 목소리였다. 이젠 어떤 물건도 치우지 말아야 했다. 모든 게 원래 그 자리에 있어야 했다. 익숙한 가구들이 그의 상태에 끼칠 긍정적인 영향을 절대 간과할 수 없었다. 만일 가구들 때문에 이 무의미한 기어다님이 방해를 받는다면, 그건 해가 아니라 오히려 커다란 이득이었다.

안타깝게도 동생의 생각은 달랐다. 동생은 그레고르 문제를 상의할 때면 늘 부모님 앞에서 어느새 자신이 특별한 전문가인 양 구는 습관이 들어 있었다. 물론 그게 반드시 틀렸다고는 할 수 없었다. 아무튼 그런 동생이었기에 지금도 어머니의 충고를 자신의 주장을 더 강화하는 쪽으로 밀어붙였다. 그러니까 원래 치우고자 했던 서랍장과 책상 말고도, 이젠 꼭 필요한 소파만 남기고 다른 가구도 모두 치워야 한다고 고집을 부린 것이다. 물론 이런 고집에는 단순히 유치한 반항심이나 최근에 뜻하지 않게 힘들게 얻은 자신감만 작용한 것이 아니었다. 거기엔 실제적인 관찰도 한몫했다. 그레고르가 마음껏 기어다니려면 넓은 공간이 필요한데, 지금까지 확인한 바로는 가구들이 거기에 전혀 도움이 되지 않는다는 것이다. 그런데 이것 말고도 한 가지 요소가 더 있을 수 있었다. 어떤 일에

푹 빠지면 어떻게든 끝장을 보고 만족감을 얻으려는 그 또래 여자 아이들의 성향이었다. 이로써 그레테는 오빠를 위해 지금까지보다 훨씬 더 많은 일을 해줄 수 있으리라는 일념으로 그레고르의 상황을 오히려 더 안 좋게 만드는 유혹에 빠지고 말았다. 그레고르 혼자 텅 빈 벽을 마음껏 누비고 다니게 될 이 방에는 앞으로 그레테 말고는 누구도 들어갈 엄두를 내지 못할 것이기 때문이다.

이렇게 해서 동생은 어머니의 만류에도 고집을 꺾지 않았다. 이 방에 있는 것만으로도 불안감을 느끼던 어머니는 곧 입을 다물고, 동생이 전력을 다해 서랍장을 밖으로 옮기는 일을 도왔다. 그래, 굳이 그래야 한다면 그레고르도 서랍장은 포기할 수 있었다. 하지만 책상은 아니었다. 그건 여기 남겨둬야 했다. 두 여자가 끙끙대면서 서랍장을 밖으로 갖고 나가자마자 그레고르는 자신이 최대한 분별력 있고 조심스럽게 어떻게 이 일에 개입할 수 있을지 살펴보려고 소파 밑에서 고개를 빠끔 내밀었다. 안타깝게도 먼저 돌아온 사람은 하필 어머니였다. 그레테는 옆방에서 꿈쩍도 않는 서랍장을 이리저리 움직이려고 혼자 씨름하고 있었다. 어머니는 그레고르의 모습에 익숙하지 않았다. 어쩌면 그의 모습을 보면 병이 들 수도 있었다. 이런 생각이 들자 그레고르는 얼른 뒷걸음질을 해 소파 맨 뒤까지 갔다. 그러나 시트가 앞쪽으로 약간 실룩거리는 건 막을 수 없었다. 그것만으로도 어머니의 주의를 끌기에 충분했다. 어머니는 멈칫했고, 잠시 그 자리에 멈추어 서 있더니 그레테에게 돌아갔다.

그레고르는 계속 혼잣말처럼 중얼거렸다.

"그래, 뭐가 대수야! 그저 가구 몇 개 옮기는 것뿐인데!"

그럼에도 두 여자가 들락거리고, 짧게 서로를 부르고, 가구가 바닥에 끌리는 소리가 마치 사방에서 옥죄어오는 큰 소란같이 느껴졌다. 그건 자신도 부인할 수 없었다. 머리와 다리를 잔뜩 움츠리고 몸을 바닥에 바짝 밀착시켜보았지만 더는 그리 오래 견디지 못할 것 같았다. 두 사람은 방을 깨끗이 비울 심산인 듯했다. 그가 사랑하는 모든 것을 방에서 내가고 있었다. 실톱과 다른 도구가 들어 있는 서랍장은 벌써 치워졌다. 이제는 그전에 한 번도 옮긴 적이 없어 오랫동안 바닥에 찰싹 달라붙어 있던 책상을 옮기려 했다. 그가 상과대학과 중등학교 시절, 심지어 초등학교 때도 앉아서 무수한 과제를 했던, 오랜 추억이 담긴 책상이었다. 이젠 정말 두 여자의 선한 의도를 따질 겨를이 없었다. 그는 그들의 존재를 거의 잊어버렸다. 두 사람은 너무 힘이 들어 묵묵히 일에만 열중했다. 그레고르의 귀에 들리는 것이라고는 무거운 발소리뿐이었다.

　모녀가 약간 숨을 헐떡거리며 옆방에서 책상과 씨름하는 동안 그레고르는 소파 밑에서 나와 방향을 네 번이나 바꾸며 방 안을 이리저리 돌아다녔다. 먼저 무엇부터 구해야 할지 도무지 정할 수가 없었기 때문이다. 그러다 벌써 휑하게 변한 벽에 걸린 모피를 두른 여성 사진이 눈에 들어오는 순간, 부리나케 벽을 타고 올라가 유리에 몸을 밀착시켰다. 유리는 달라붙어 있기가 수월했고, 뜨거운 배가 닿는 느낌도 좋았다. 그레고르가 몸으로 완전히 가린 이 사진만큼은 절대 빼앗기지 않을 생각이었다. 그는 거실 쪽 문으로 고개를 돌려 여자들이 돌아오는지 살펴보았다.

　두 여자는 오래 쉬지 않고 곧 돌아왔다. 그레테가 어머니를 부축하다시피 두 팔로 감싸고 방에 들어왔다.

　"이제 뭘 치울까요?"

그레테가 이렇게 물으며 두리번거렸다. 그때 동생의 시선이 벽에 붙은 오빠의 시선과 딱 마주쳤다. 순간 동생이 평정심을 유지했던 건 어머니가 곁에 있었기 때문인 것 같았다. 동생은 어머니가 벽쪽을 쳐다보지 못하도록 어머니 쪽으로 고개를 숙이며 지나가듯이 말했다. 하지만 목소리가 떨렸다.

"우리 잠시 거실로 나가요. 어서요!"

그레고르가 보기에 동생의 의도는 뻔했다. 어머니를 안전한 곳으로 보내놓은 뒤 그를 벽에서 쫓아내겠다는 속셈이었다.

'어디, 해보라지! 마음대로 되나.'

그는 사진 위에 찰싹 붙어서 절대 사진을 내주지 않을 작정이었다. 여차하면 동생의 얼굴 위로 뛰어내릴 생각까지 했다.

그런데 그레테의 목소리에서 무언가 심상찮음을 느낀 어머니가 갑자기 불안해져서 옆으로 비켜 벽으로 눈을 돌렸다. 꽃무늬 벽지 위에 거대한 갈색 반점 같은 것이 보였다. 그녀는 그게 그레고르인지 생각할 겨를도 없이 갈라지는 목소리로 비명부터 질렀다.

"맙소사! 오, 하느님 맙소사!"

어머니는 마치 모든 걸 포기한 사람처럼 두 팔을 벌리며 소파에 털썩 무너져 내리더니 꼼짝도 하지 않았다.

"야, 그레고르!"

동생이 주먹 쥔 손을 들어 올리며 오빠를 매섭게 노려보았다. 변신 이후 동생이 그에게 처음으로 건넨 말이었다. 동생은 어머니를 기절 상태에서 깨어나게 할 약을 가지러 옆방으로 달려갔다. 그레고르도 돕고 싶었다. 당장은 사진을 빼앗길 위험은 없었다. 그런데 유리에 너무 찰싹 붙은 바람에 간신히 몸을 떼어낼 수 있었다. 그러고는 옆방으로 뛰어갔다. 마치 예전처럼 동생에게 무언가 조언이라도 할 것처럼. 그러나 막상 동생이 갖가지 작은 병들을 뒤적거리는 동안 그가 할 수 있는 것이라고는 뒤에서 얌전히 기다리는 일밖에 없었다. 그때였다. 몸을 홱 돌린 동생이 뒤에 서 있던 그레고르를 보고 화들짝 놀라 그만 병 하나를 떨어뜨리고 말았다. 병이 깨지면서 유리 파편이 그레고르의 얼굴에 상처를 냈고, 이름 모를 부식 약품이 주위에 흥건하게 퍼졌다. 그레테는 더 이상 지체하지 않고 손에 들 수 있을 만큼 작은 병들을 집어 어머니에게 달려가더니 방문을 발로 쾅 닫아버렸다. 이제 그레고르는 어머니에게로 가는 길이 차단되었다. 자기 잘못 때문에 어머니가 사경을 헤매고 있을지 몰랐다. 어머니 곁을 지켜야 할 동생을 내쫓을 생각이 아니라면 문을 열어달라고 할 수도 없었다. 이제는 그저 기다리는 수밖에 도리가 없었다. 자책과 걱정이 밀려오면서 그는 벽과 가구, 천장 할 것 없이 사방으로 기어다니기 시작했다. 그러다 마침내 온 방이 그를 중심으로 빙글빙글 돌기 시작했을 때 절망감에 빠져 중앙의 커다란 식탁 위로 떨어지고 말았다.

얼마간 시간이 흘렀다. 그레고르는 식탁 위에 죽은 듯이 누워 있었다. 사방이 조용했다. 이건 좋은 징조일 수 있었다. 그때 초인종이 울렸다. 하녀는 부엌에 틀어박혀 나올 생각을 하지 않았기에 그레테가 문을 열어주어야 했다. 아버지였다.

"무슨 일이야?"

아버지의 첫마디였다. 그레테의 안색이 이미 모든 것을 말해주고 있었다. 동생은 뭔가에 눌린 듯한 울먹이는 목소리로 대답했다. 아버지의 가슴에 얼굴을 묻고 있는 게 분명했다.

"어머니가 기절했어요. 하지만 지금은 좋아지고 있어요. 그레고르가 뛰쳐나왔거든요."

"내 그럴 줄 알았다."

아버지가 말했다.

"내가 그렇게 말했는데도 이 집 여자들은 내 말을 듣지를 않아!"

아버지는 동생의 짧은 말만 듣고 혼자 곡해를 해서, 그레고르가 무언가 행패를 부렸다고 생각하는 게 분명했다. 그렇다면 아버지를 진정시킬 방법을 찾아야 했다. 사정을 설명하는 건 당치도 않았고, 그럴 시간도 없었다. 이렇게 해서 그는 자기 방 쪽으로 달려가 문에 몸을 바짝 밀착시켰다. 현관에서 들어오던 아버지가 이걸 보면, 자신이 당장 방으로 돌아갈 의향이 있음을 알아차릴 거라고 생각한 것이다. 그렇다면 위협적으로 방으로 내몰 필요는 없고, 그냥 문만 열어주면 자신은 얌전히 방 안으로 사라지겠다는 뜻이었다.

그러나 아버지는 아들의 이런 세심한 배려를 알아차릴 기분이 아니었다. 거실에 들어서자마자 아버지의 입에서 "아!"하는 소리가 터져나왔다. 분노인지, 기쁨인지 모를 어조였다. 그레고르는 문으로 향해 있던 고개를 돌려 아버지를 쳐다보았다. 지금껏 상상도 하지 못한 모습이었다. 아버지에게 저런 모습이 있었을까! 최근에 그레고르가 새로 개발한 기술로 이리저리 기어다니느라 예전처럼 다른 방들에서 일어나는 일에 신경 쓰지 못한 건 사실이었다. 하지만 아무리 그렇더라도 변화된 상황과 맞닥뜨릴 각오는 늘 하고 있어야 하지 않았을까? 그럼에도, 그럼에도 지금 아버지의 모습은 너무 뜻밖이었다. 이전에 그레고르가 출장을 떠나면 늘 피곤에 절어 침대에 파묻혀 지내던 사람이 맞나 싶었다. 그가 출장에서 돌아오면 잠옷 바람으로 소파에 앉아 아들을 맞던 사람이 아니던가? 게다가 일어설 기력이 없어 반가움의 표시로 그저 두 팔만 슬쩍 들던 사람이 아니던가? 1년 중 어쩌다 일요일이나 명절에 함께 산책을 나갈 때도, 평소 걸음이 느린 그레고르와 어머니 사이에서 항상 더 천천히 걷고, 낡은 외투를 걸친 채 T자형 지팡이를 짚으며 조심조심 걸음을 옮기던 사람이 아니던가? 그러다 뭔가 할 말이 있으면 거의 항상 걸음을 멈추고 일행을 가까이 부르던 사람이 아니던가? 그런 아버지가 이제 허리를 꼿꼿이 펴고 당당히 서 있었다. 은행 사환이나 입을, 금단추 달린 말쑥한 푸른색 제복을 입고 있었다. 거기다 빳빳한 상의 목깃 위로 단단한 이중 턱이 자랑스럽게 튀어나와 있었고, 수북한 눈썹 아래 새까만 두 눈에는 서슬이 시퍼렇게 살아 있었다. 게다가 그전에는 늘 헝클어져 있던 흰머리도 아주 꼼꼼하게 가르마를 타서 단정하게 빗겨 있었다. 아버지는 은행 로고가 분명해 보이는 금실 모노그램이 박힌 모자를 방 안으로 휙 던졌고, 모자는 포물선을 그리며 소파 위에 정확히 내려앉았다. 이어 아버지는 긴 제복 저고리 소매를 걷어붙이고 두 손을 바지 주머니에 찔러넣은 채 인상을 쓰면서 그레고르에게 다가갔다. 물론 어쩔 작정인지는 그 자신도 모르는 듯했다. 어쨌든 아버지는 걸어갈 때 발을 유난히 높이 들어 올렸는데, 그레고르는 아버지의 신발 밑창이 이렇게 큰 걸 보고 깜짝 놀랐다. 이대로 가만있을 수는 없었다. 그는 벌레의 삶이 시작된 첫날부터 아버지가 자신을 최대한 엄격하게 다루는 것만이 최선이라고 여기고 있음을 잘 알고 있었다. 이렇게 해서 그레고르는 아버지를 피해 달아났고, 아버지가 멈추어 서면 자신도 섰고, 아버지가 조금이라도 움직이면 자신도 열심히 달렸다. 이렇게 그들은 거실에서 몇 바퀴를 빙빙 돌았다. 심각한 일은 일어나지 않았다. 어차피 아버지의 속도가 너무 느려서 긴장감 넘치는 추격전으로 보이지도 않았다. 그 때문에 그레고르는 벽이나 천장으로 도망칠 수도 있었지만 당분간 바닥에 머물기로 했다. 자신의 그런 행동이 아버지의 눈에 아주 괘씸한 짓으로 보일 수도 있다고 생각했기 때문이다. 아무튼 그는 자신이 이 도주를 오래 버티지 못할 것임을 잘 알고 있었다. 아버지가 한 걸음을 떼는 동안 자신은 다리를 수없이 놀려야 했기 때문이다. 벌써 호흡곤란이 느껴졌다. 어차피 예전부터 폐가 좋지 않았다. 이제 그는 전력을 다해 비틀거리며 달렸다. 눈도 거의 뜨지 못했다. 머리가 멍한 상태여서, 달리는 것 말고는 다른 구원 가능성이 떠오르지 않았다. 벽을 타고 도망칠 수 있다는 것도 이젠 거의 잊어버렸다. 게다가 정교하게 만드는 바람에 날카롭고 뾰족한 곳이 많은 가구들이 벽을 군데군데 가로막고 있었다. 그때였다. 그레고르 옆으로 무언가가 날아와 바닥에 가볍게 쿵 떨어지더니 앞으로 데굴데굴 굴러갔다. 사과였다. 곧이어 두 번째 사과가 날아왔다. 그레고르는 공포에 질려 걸음을 멈추었다. 계속 도망쳐봤자 소용이 없었다. 아버지는 아들에게 사과 폭격을 퍼붓기로 마음먹은 것 같았다. 그는 식탁 위의 과일 바구니에서 사과를 집어 주머니에 가득 넣은 다음 딱히 조준이라고 할 것도 없이 그냥 하나씩 던지고 또 던졌다. 작고 빨간 사과들이 바닥에 굴러가면서 마치 전기라도 일으킬 것처럼 서로 부딪쳤다. 약하게 던진 사과 하나가 그레고르의 등을 스치고 지나갔다. 다행히 다치지는 않았다. 그런데 뒤이어 던진 사과가 그레고르의 등에 제대로 꽂혔다. 그는 이 기습적인 엄청난 통증이 장소를 옮기면 사라지기라도 할 것처럼 계속 엉금엉금 기어가려고 했다. 그러다 어느 순간 바닥에 못이 박힌 것 같은 느낌이 들고 감각까지 흐려지면서 그 자리에 뻗고 말았다. 마지막으로 그의 눈에 어렴풋이 보인 것은 그의 방문이 활짝 열리면서 비명을 지르는 동생을 뒤로하고 어머니가 다급하게 뛰어나오는 모습이었다. 내의 차림이었다. 동생이 기절한 어머니가 편히 숨을 쉴 수 있도록 옷을 벗긴 모양이었다. 어머니는 미친 듯이 아버지에게 달려갔다. 그 바람에 허리에 묶은 겉치마와 속치마가 풀려 바닥으로 흘러내렸고, 마지막 순간에 치마에 걸려 넘어지면서 아버지를 껴안았다. 그레고르가 본 것은 여기까지였다. 어머니는 아버지와 완전히 한 몸이 된 상태에서 두 손으로 아버지의 뒤통수를 붙잡고 그레고르를 살려달라고 애원했다.

3

그레고르는 심한 부상으로 한 달 넘게 앓았다. 사과는 누구도 빼낼 엄두를 내지 못해 여전히 눈에 보이는 육신 속의 기념비처럼 그의 등에 꽂혀 있었다. 이걸 보면서 아버지조차 그레고르가 지금의 애처롭고 역겨운 몰골에도 불구하고 가족의 일원이고, 그래서 원수처럼 대해서는 안 되고, 혐오감을 꾹꾹 누르면서 참고 또 참는 것만이 가족의 도리를 다하는 것이라고 생각하는 듯했다.

그레고르는 이 부상 때문에 마음대로 움직일 자유를 영구적으로 상실한 것 같았다. 이제는 방을 가로질러 가는데도 늙은 상이군인처럼 몇십 분이 걸렸다. 그러니 벽을 기어오르는 건 꿈도 꾸지 못할 일이었다. 그런데 상태가 이렇게 안 좋아지면서, 그의 입장에선 뜻지 않게 정말 만족스러운 보상이 하나 생겼다. 저녁 무렵이면 항상 거실 쪽 문이 열린 것이다. 그전에는 한두 시간 애절하게 바라보기만 하던 문이었다. 이렇게 문을 열어둠으로써 이제 그레고르는 어두운 방 안에 누워, 거실에서는 보이지 않는 상태에서 온 가족이 불을 밝히고 식탁에 앉아 있는 모습을 보았고, 예전과는 다르게 가족의 대화도 모두의 동의하에 자유롭게 들을 수 있었다.

물론 그레고르가 지방의 좁은 호텔방에서 눅눅한 침대에 누울 때마다 늘 그리워하던 예전의 그 즐겁고 생기 도는 대화는 더 이상 아니었다. 이제 대화는 대개 무척 조용히 진행되었다. 아버지는 저녁 식사 후 곧장 소파에서 잠이 들었고, 어머니와 동생은 서로 조용하라고 손가락을 입에 갖다 댔다. 어머니는 불빛 아래로 몸을 쑥 내민 채 바느질을 했다. 의상실에 보낼 고급 속옷이었다. 그사이 판매원 자리를 구한 동생은 저녁이면 속기술과 프랑스어를 배웠다. 나중에 혹시 더 나은 일자리를 얻을 수 있지 않을까 해서였다. 아버지는 간혹 잠에서 깨어나, 자신이 그새 잠이 든 줄도 모르고 어머니에게 말했다.

"오늘도 이렇게 밤늦게까지 바느질이야!"

그러고는 곧 다시 잠이 들었고, 어머니와 여동생은 피곤한 듯 마주 보며 미소를 지었다.

무슨 고집인지 아버지는 집에서도 사환 제복을 벗지 않았다. 잠옷은 하릴없이 옷걸이에 걸려 있었고, 아버지는 완벽하게 제복을 입은 채로 늘 대기 상태에서 상관의 지시를 기다리는 사람처럼 소파에서 꾸벅꾸벅 졸았다. 그러다 보니 원래 새 옷도 아니었던 제복은 어머니와 동생이 아무리 세심하게 신경을 써도 깨끗해 보이지 않았다. 그레고르는 저녁 내내 항상 말끔하게 닦은 금단추만 반짝거릴 뿐 곳곳이 얼룩투성이인 옷을 입은 늙은 남자가 지극히 불편한 자세지만 조용히 잠든 모습을 볼 때가 많았다.

시계가 10시를 알리자마자 어머니는 나직이 말을 붙이면서 아버지를 깨웠다. 새벽 6시에 출근하려면 여기서 이럴 게 아니라 침대에서 제대로 자야 한다고 설득한 것이다. 그러나 아버지는 사환 자리를 얻은 뒤로 이상하게 새로 생긴 고집을 부리며 식탁에 좀 더 있어야 한다고 우겼고, 곧이어 어김없이 다시 잠이 들었다. 아버지를 소파에서 침대로 옮기는 일은 여간 힘들지 않았다. 어머니와 동생은 15분 가까이 계속 침대에 가서 자라고 아버지를 채근했음에도 아버지는 눈을 감은 채 천천히 고개만 저을 뿐 일어날 생각을 하지 않았다. 어머니는 아버지의 소매를 잡아당기며 온갖 좋은 말로 구슬렸고, 동생도 하던 일을 그만두고 어머니를 거들었다. 그러나 아버지는 꿈쩍도 안 했다. 오히려 소파 속으로 더 깊이 몸을 파묻었다. 그러다 모녀가 겨드랑이를 잡고 강제로 일으키려고 할 때에야 눈을 뜨고는 어머니와 동생을 번갈아 쳐다보며 이렇게 말하곤 했다.

"이런 게 인생이지. 이런 게 노년의 평화지."

아버지는 모녀의 부축을 받으며 몸을 일으켰고, 하나의 거추장스럽고 거대한 짐인 양 모녀에게 끌려 침실 문까지 가서는, 이제 그만 가라고 손짓을 했다. 그러나 어머니는 바느질거리를, 동생은 펜을 내팽개친 채 계속 뒤를 따르며 침대로 걸어가는 아버지를 도왔다.

식구들이 모두 이렇게 일에 지치고 녹초가 된 마당에 누가 필요 이상으로 그레고르를 돌봐줄 수 있을까? 살림살이는 점점 빡빡해졌다. 이제는 하녀를 내보냈고, 대신 골격이 크고 흰머리를 휘날리는 파출부가 아침저녁으로 와서 고된 일을 대신해주었다. 잔일은 어머니가 바느질로 바쁜 와중에도 틈틈이 해치웠다. 얼마 뒤에는 예전에 어머니와 동생이 모임이나 파티에 갈 때 행복에 겨운 표정으로 몸에 걸쳤던 갖가지 패물도 팔아야 했다. 그레고르는 이 사실을 저녁에 가족들이 목표로 잡은 가격을 상의할 때 알게 되었다. 어쨌든 현재 그레고르 가족의 가장 큰 고민거리는 지금 형편으로는 너무 큰 이 집을 떠나고 싶어도 떠날 수가 없다는 사실이었다. 그레고르를 어떻게 옮겨야 할지 마땅한 방법이 떠오르지 않았기 때문이다. 그러나 그레고르는 이사를 못 가는 이유가 자신에 대한 배려 때문만은 아니라는 사실을 간파했다. 그게 문제라면 적당한 크기의 상자에다 자신을 넣고 숨구멍만 몇 개 틔워주면 얼마든지 옮길 수 있었다. 가족이 이사를 가지 못하는 주된 이유는 다른 데 있었다. 친척과 지인을 통틀어 그전에는 누구도 겪은 적이 없던 불행이 그들에게 닥쳤다는 생각과 크나큰 절망 때문이었다. 그들은 이제 세상이 가난한 사람들에게 요구하는 밑바닥 삶을 극한까지 견뎌내고 있었다. 아버지는 말단 은행 직원들을 위해 아침 식사를 날랐고, 어머니는 낯선 여자들의 속옷을 만드는 데 몸을 바쳤으며, 동생은 손님들의 명령에 따라 판매대 뒤에서 부지런히 쫓아다녔다. 그러다 보니 다른 데 쓸 여력이 없었다. 어머니와 동생은 아버지를 침대에 데려다주고 돌아오면 일거리를 제쳐두고 서로 뺨이 닿을 정도로 가깝게 붙어 앉았다. 그럴 때 어머니는 그레고르의 방을 가리켜 말했다.

"그레테, 저 문 닫아."

그레고르는 다시 어둠 속에 갇혔고, 그사이 옆방에서는 모녀가 눈물을 흘리거나, 눈물 없이 식탁을 멍하니 바라보았다. 그럴 때마다 그레고르는 등의 상처가 막 새로 생긴 상처처럼 아리기 시작했다.

이제 그레고르는 밤이건 낮이건 거의 잠을 자지 않았다. 가끔은 다시 문이 열리면 가족들의 문제를 예전처럼 자신이 다시 떠안을 생각까지 했다. 이런 생각들 속에서 정말 오랜만에 사장과 지배인, 사환과 견습생들, 덜떨어진 하인, 다른 회사에 다니는 두세 명의 친구, 지방 호텔의 객실 여종업원, 그리고 모자 가게의 여자 계산원이 떠올랐다. 그가 진심으로 접근했지만 너무 늦게 구애하는 바람에 맺어지지 못한 그 계산원에 대한 아련한 기억이 새삼스러웠다. 이 모든 이가 낯선 사람이나 이미 잊은 사람들과 뒤섞여 떠올랐다. 그런데 자신과 자신의 가족을 도와주기는커녕 다들 무뚝뚝한 표정을 짓고 있었다. 그는 이들이 죄다 머릿속에서 사라졌을 때 기뻤다. 이어 가족을 걱정하는 마음까지 싹 달아났다. 대신 마음속에서는 나쁜 대우에 대한 분노가 들끓었다. 그는 먹고 싶은 것이 전혀 떠오르지 않고 배도 전혀 고프지 않았지만, 식품 저장실로 가서 자신에게 맞는 먹을거리를 가져올 궁리를 했다. 이제는 여동생도 그레고르가 어떤 음식을 좋아할지 딱히 고민하지 않고 가게에 나가기 전에 그냥 아침 점심으로 아무 음식이나 그레고르의 방 안으로 쓱 밀어 넣었다. 그리고 저녁에는 음식을 맛이라도 봤는지, 아니면 대부분의 경우가 그랬지만 입도 안 댔는지 살펴보지 않고 그냥 남은 음식을 단번에 빗자루로 쓸어 내다버렸다. 동생은 이제 방 청소를 항상 저녁에 했다. 그것도 후딱 해치워버렸다. 벽을 따라 더러운 줄무늬 자국이 길게 나 있었고, 방 여기저기에 먼지와 오물이 널려 있었다. 처음에 그레고르는 동생이 들어오면 특히 지저분한 구석 쪽에 가 섰다. 청소를 게을리하는 동생을 그런 식으로 나무란 것이다. 하지만 몇 주 동안 그렇게 시위를 벌였는데도 동생은 전혀 나아질 기미를 보이지 않았다. 물론 동생도 방 안의 지저분한 것들을 보지 않은 건 분명 아니었다. 하지만 그냥 내버려두기로 작정한 듯했다. 그러면서도 그레고르 방의 청소는 오직 자신만이 할 수 있다는 듯이 남들이 못하게 예민하게 감시했다. 사실 온 가족이 예민한 상태이기는 했지만, 동생의 예민함은 예전과는 완전히 달랐다. 한번은 어머니가 양동이로 물을 몇 번씩 날라와 방을 대청소했다. 그레고르는 축축해진 방에 마음이 상해 소파 위에 뾰로통한 표정으로 꼼짝 않고 널브러져 있었다. 이 일로 어머니는 동생에게 혼쭐이 났다. 저녁에 돌아온 동생은 그레고르 방이 바뀐 것을 알아차리고 심한 모욕을 받은 사람처럼 거실로 달려나가더니 와락 울음을 터뜨렸다. 어머니가 제발 그러지 말라고 두 손을 들고 말려도 소용없었다. 이 소동에 아버지도 무슨 일인가 싶어 소파에서 화들짝 놀라 일어났다. 부모님은 처음엔 너무 놀라 어찌할 줄 모르고 지켜보기만 했다. 그러다 마침내 반응을 보였다. 아버지는 오른편에 서 있던 어머니에게 그레고르 방의 청소를 딸아이에게 맡기지 않았다고 야단을 쳤고, 왼편의 딸아이에게는 앞으로 다시는 그레고르 방을 청소하지 말라고 호통을 쳤다. 어머니는 흥분해서 어쩔 줄 모르는 아버지를 간신히 끌고 침대로 데려갔고, 동생은 몸을 들썩이며 흐느껴 울더니 작은 주먹으로 식탁을 쾅쾅 내리쳤다. 반면에 그레고르는 이 볼썽사나운 소란을 보지 않도록 아무도 문을 닫아줄 생각을 하지 않은 것에 화가 치밀어 씩씩거렸다.

직장에서 파김치가 돼 돌아온 동생이 그레고르를 예전처럼 보살펴주는 일에 아무리 넌더리를 냈더라도 어머니가 나서서 그 일을 대신할 필요는 없었다. 그렇다고 그레고르가 완전히 방치되는 일은 생기지 않았을 것이다. 이제는 파출부가 있었다. 기골이 장대해 지금까지 살아오면서 어떤 풍파도 견뎌냈을 것 같은 이 늙은 과부는 그레고르를 무서워하거나 끔찍해하지 않았다. 처음 마주친 것은 호기심에서가 아니었다. 어쩌다 우연히 그레고르의 방문을 열었다가 보게 되었다. 깜짝 놀란 쪽은 오히려 그레고르였다. 그는 몰아대는 사람이 없는데도 이리저리 정신없이 도망치기 시작했다. 파출부는 팔짱을 낀 채 신기해하면서 지켜보기만 했다. 그날 이후 파출부는 늘 아침저녁으로 지나가듯이 방문을 살짝 열고는 그레고르를 들여다보았다. 처음에는 다정하게 말을 붙인답시고 자기 쪽으로 오라고 부르기도 했다. 예를 들면 이런 식이었다.

"늙은 말똥구리, 이리 와봐!" 혹은 "이 늙은 말똥구리 좀 봐!"

그레고르는 이런 식으로 말을 걸면 아무 대답을 하지 않았다. 처음부터 문이 열리지 않았다는 듯이 그 자리에서 미동도 없이 본체만체하는 것이 전부였다. 파출부가 이렇게 기분 내키는 대로 쓸데없이 자신을 방해하게 놔두지 말고 차라리 자기 방을 매일 청소하게 시켰으면 얼마나 좋을까! 어느 날 이른 아침이었다. 봄이 오는 것을 알리는지 세찬 비가 창문을 두드렸다. 그때 파출부가 예의 그런 식으로 말을 붙여왔을 때, 그레고르는 부아가 치밀어 마치 공격이라도 할 것처럼 그녀에게로 몸을 돌렸다. 물론 느리고 힘없는 동작이었다. 그런데 파출부는 겁을 먹기는커녕 문 근처에 있던 의자를 번쩍 치켜들었다. 입을 크게 벌리고 있는 것이, 손에 든 의자로 그레고르의 등짝을 내리찍고 나서야 입을 다물겠다는 의지로 비쳤다.

"어때, 이래도 계속할 거야?"

그녀가 물었다. 그레고르가 다시 몸을 돌리자 그제야 그녀도 의자를 조용히 구석에 도로 내려놓았다.

그레고르는 이제 거의 아무것도 먹지 않았다. 갖다 놓은 음식 앞을 우연히 지나가게 되면 장난삼아 한 입 베어 물고는 몇 시간씩 입안에 머금고 있다가 대부분 뱉어버렸다. 처음에는 이 방의 달라진 상태가 슬퍼서 입맛이 없다고 생각했다. 그러나 이 방의 변화에는 아주 빨리 적응했다. 그사이 이 집에서는 어딘가 둘 데가 마땅찮은 물건은 죄다 이 방에 던져놓는 버릇이 생겼다. 이제 그런 물건들이 많이 쌓여 있었다. 그사이 방 하나를 비워 세 남자에게 하숙을 쳤기 때문이다. 그레고르가 문틈으로 확인한 바로는 셋 다 수염을 덥수룩하게 길렀고 진지해 보였는데, 정리 정돈에 아주 철저한 인간들이었다. 자기들 방뿐 아니라 이 집의 전체 살림살이나 특히 부엌에 신경을 많이 썼다. 게다가 그들은 대부분 자신들이 쓰던 물건을 그대로 갖고 들어왔는데, 그런 연유로 이제 많은 물건이 필요 없어졌다. 팔기도 애매하고 버리기도 아까운 물건들이었다. 그런 것들이 모조리 그레고르의 방으로 옮겨졌다. 심지어 부엌의 재 담는 통과 쓰레기통도 이리로 들어왔다. 늘 분주하게 움직이는 파출부는 당장 필요하지 않은 물건은 죄다 그레고르의 방 안으로 던져넣었다. 다행히 그레고르의 눈에는 물건과 그것을 던지는 손밖에 보이지 않았다. 파출부는 언젠가 시간과 기회가 되면 이것들을 다시 꺼내 쓰거나 한꺼번에 버릴 생각인 듯했다. 하지만 물건들은 그녀가 처음 던진 곳에 그대로 머물러 있었다. 그레고르가 잡동사니들 사이를 비집고 다니느라 위치가 조금씩 바뀐 것만 빼면 말이다. 처음에 그레고르는 기어다닐 공간이 부족해서 어쩔 수 없이 물건들 사이를 비집고 돌아다녔지만, 나중에는 오히려 거기에 재미를 붙였다. 물론 그렇게 돌아다니고 나면 죽을 것처럼 피곤하고 슬퍼져서 몇 시간 동안 꼼짝도 않고 누워 있어야 했지만 말이다.

하숙생들은 간혹 공동 거실에서 저녁을 같이 먹었는데, 그럴 때면 그레고르 방의 거실 쪽 문은 닫아두었다. 그레고르도 별로 아쉽지 않았다. 어차피 그전에 문을 열어둘 때도 가족들은 눈치채지 못했겠지만, 더 이상 밖을 내다보지 않고 가장 어두운 방구석에 누워 있었기 때문이다. 그런데 한번은 파출부가 거실 쪽 문을 약간 열어두었다. 하숙생들이 저녁에 돌아와서 불을 켰을 때도 문은 여전히 열려 있었다. 하숙생들은 예전에 아버지와 어머니, 그레고르가 앉았던 식탁 상석에 앉아 냅킨을 펼치고 나이프와 포크를 집었다. 얼마 뒤 어머니가 고기 양푼을 들고 들어왔고, 뒤이어 여동생이 감자가 수북한 그릇을 들고 나타났다. 음식에서는 김이 모락모락 피어올랐다. 하숙생들은 앞에 차려진 음식 위로 몸을 숙였다. 마치 식사전에 음식을 시험해보려는 듯이. 실제로도 그랬다. 다른 두 사람에게 권위를 인정받는 것 같은, 가운데 자리에 앉은 남자가 양푼에서 고기를 한 점 집어 나이프로 썰었다. 충분히 익었는지, 아니면 다시 부엌으로 돌려보내야 할지 확인하는 것이 분명했다. 남자는 만족한 듯했고, 그제야 가슴을 졸이며 지켜보던 어머니와 동생은 안도의 한숨을 내쉬며 미소를 지었다.

정작 집주인들은 부엌에서 식사를 했다. 그럼에도 아버지는 부엌에 들어가기 전에 거실로 가서, 손에 모자를 들고 가볍게 인사를 하고는 식탁을 한 바퀴 돌았다. 하숙생들도 모두 자리에서 일어나 덥수룩한 수염을 달싹거리며 뭐라고 중얼거렸다. 아버지가 사라지자 그들은 말 한마디 없이 오로지 먹는 데만 열중했다. 그레고르는 여러 식사 소음 가운데 유독 이빨로 씹는 소리만 반복해서 들리는 것을 이상하게 생각했다. 마치 무언가를 먹으려면 이빨이 필요하고, 아무리 단단한 턱을 가졌더라도 이빨이 없으면 무용지물이나 다름없다고 과시하는 듯했다. 그레고르는 수심에 잠긴 얼굴로 중얼거렸다.

"나도 식욕은 있어. 다만 저딴 건 먹고 싶지 않을 뿐이야. 어떻게 저런 걸 먹을 수 있지! 정말 소름 끼쳐!"

그날 저녁이었다. 바이올린 음률이 부엌에서 흘러나왔다. 그레고르는 변신 이후 바이올린 소리를 들은 기억이 나지 않았다. 하숙생들의 저녁 식사는 벌써 끝나고, 가운데 자리에 앉은 남자가 신문을 들더니 다른 두 사람에게 한 장씩 나누어주었다. 이제 그들은 등을 기대고 앉아 느긋하게 담배를 피우면서 신문을 읽었다. 그러다 바이올린 연주가 시작되자 그들은 귀를 쫑긋 세웠고, 자리에서 일어나 현관 복도문으로 살금살금 다가가더니 그 앞에 다닥다닥 붙어 섰다. 부엌에서도 바깥의 인기척을 느꼈는지 아버지가 소리쳤다.

"신사분들, 연주가 듣기 싫으신가요? 그럼 당장 그만두겠습니다."

"아닙니다. 그 반대예요. 따님이 차라리 이리 나와서 연주하는 게 어떨까요? 아무래도 여기가 훨씬 안락하고 편할 것 같은데."

가운데 남자가 말했다.

"그렇다면야."

아버지는 마치 자신이 바이올린 연주자인 양 소리쳤다.

하숙생들은 거실로 돌아와 기다렸다. 곧 아버지가 보면대를 들고 나타났고, 뒤이어 악보를 든 어머니와 바이올린을 든 동생이 차례로 모습을 드러냈다. 동생은 차분하게 연주 준비를 했다. 그전에는 하숙을 쳐본 적이 없어, 하숙생들에게 지나치게 공손하게 대하던 부모님은 원래 자신들의 자리에도 앉을 엄두를 내지 못했다. 아버지는 사환 저고리의 단추 사이로 오른손을 꽂은 채 문가에 기대셨고, 어머니는 한 신사가 권한 의자에 앉았다. 그것도 한 신사가 무심코 내려놓은 외진 구석 자리에.

동생이 연주를 시작했다. 아버지와 어머니는 각자 자리에서 딸아이 손의 움직임을 주의 깊게 따라갔다. 그레고르도 연주에 끌려 문 쪽으로 과감히 나아갔는데, 어느새 고개가 거실 쪽으로 빠끔 나와 있었다. 그는 최근 들어 타인을 거의 배려하지 않는 자신이 별로 이상하지 않았다. 예전에는 타인에 대한 배려가 자랑거리였던 사람이었다. 더구나 다른 순간도 아니고 지금이야말로 자신을 숨겨야 할 합당한 이유가 있었다. 방 곳곳에 뒹굴고 살짝만 움직여도 날리는 먼지 때문에 그 자신도 먼지를 뒤집어쓰고 있었기 때문이다. 그는 실과 머리카락, 음식 찌꺼기를 등과 옆구리에 잔뜩 묻힌 채 끌고 다녔다. 이런 상태라면 예전에는 하루에도 몇 번씩 카펫에 등을 대고 문질렀을 텐데, 이제는 모든 것에 심드렁해져서 이러나저러나 상관이 없었다. 이런 지저분한 상태에도 불구하고 먼지 하나 없이 깨끗한 거실 바닥으로 거침없이 밀고 나갈 수 있었던 것도 그 때문이었다.

물론 아무도 그에게 관심을 보이지 않았다. 식구들은 바이올린 연주에 완전히 빠져 있었다. 반면에 하숙생들은 달랐다. 처음에는 양손을 바지 주머니에 찔러넣은 채 악보가 보일 정도로 동생의 보면대에 바짝 붙어 서 있었다. 동생의 연주에 방해가 될 정도로. 그러더니 곧 머리를 숙이고 자기들끼리 뭐라고 수군거리면서 창가로 몰려갔다. 아버지가 그들을 근심스런 눈으로 바라보았다. 하숙생들은 아름답거나 흥겨운 바이올린 연주를 들을 거라고 기대했는데 실망한 모양이었다. 휴식에 방해가 될 정도로 지겨운데도 예의상 들어주고 있다는 인상을 노골적으로 드러냈다. 특히 코와 입으로 담배 연기를 공중으로 뿜어내는 모습에 언짢음이 고스란히 묻어났다. 그러나 동생은 훌륭하게 연주했다. 얼굴을 옆으로 기울인 채 주위를 살피며 슬픈 눈으로 악보를 쫓아갔다. 그레고르는 좀 더 앞으로 기어갔고, 바닥에 고개를 바짝 밀착시켰다. 그런 상태에서 어쩌면 동생의 시선과 마주칠지도 모른다는 기대를 품었다. 음악에 이렇게 감동받는데, 자신이 벌레라고? 그는 동경하던 미지의 양식糧食을 찾아가는 길이 자기 앞에 열린 것 같은 기분이 들었다. 그러다 이대로 계속 나아가 동생의 치마를 잡아당기면서 바이올린을 들고 자기 방으로 가자는 뜻을 알리기로 마음먹었다. 이 자리엔 그 자신만큼 이 연주의 가치를 알아주는 사람은 없었기 때문이다. 그는 동생을 자기 방에서 내보내지 않을 작정이었다. 어쨌든 자신이 살아 있는 한은 말이다. 자신의 추악한 몰골이 처음으로 도움이 될 것 같았다. 방의 모든 문을 동시에 지키고 서서, 누구라도 이 방에 들어오려고 하면 겁을 줘서 쫓아버릴 생각이었다. 그러나 동생은 강제가 아니라 자발적으로 그와 함께 있어야 했다. 동생이 자신과 나란히 소파 위에 앉아 몸을 숙여 자신에게 귀를 빌려주면 그는, 동생을 꼭 음악원에 보내줄 생각이었고, 이 불행만 없었더라면 지난 성탄절 때(성탄절이 지나간 게 맞겠지?) 어떤 반대에도 식구들 앞에서 당당히 밝힐 생각이었다고 솔직히 털어놓을 작정이었다. 이 말을 들은 동생은 감동의 눈물을 흘릴 테고, 그레고르는 그런 동생

의 어깨까지 몸을 일으켜 목에다 입을 맞출 것이다. 가게에 나간 뒤
로는 스카프나 목깃으로 가리지 않는 목에다 말이다.

그때였다.

"잠자 씨!"

가운데 남자가 아버지를 부르더니, 천천히 앞으로 움직이는 그
레고르를 말없이 집게손가락으로 가리켰다. 바이올린 소리는 뚝
그쳤고, 가운데 남자는 고개를 설레설레 저으면서 자신의 친구들
을 향해 히죽 웃었다. 그러더니 다시 그레고르에게로 눈을 돌렸다.
아버지는 그레고르를 쫓아내는 것보다 일단 하숙생들을 진정시키
는 일이 우선이라고 생각한 듯했다. 그러나 하숙생들은 흥분하기
는커녕 바이올린 연주보다 오히려 그레고르를 더 재미있어하는 것
같았다. 아버지는 얼른 그들 앞으로 달려가 두 팔을 넓게 벌리며 그
들을 방으로 몰아넣으려 했다. 그러면서 그레고르의 모습이 보이
지 않도록 자신의 몸으로 가리는 것도 잊지 않았다. 그러자 하숙생
들은 정말 화가 약간 난 듯했다. 아버지의 태도 때문인지, 아니면
지금껏 옆방에 저런 이웃이 살고 있었다는 걸 이제야 알게 된 것에
대한 배신감 때문인지는 알 수 없었다. 그들은 두 팔을 들어 올리
며 아버지에게 해명을 요구했고, 그러면서도 불안스레 수염을 만
지작거리며 천천히 자신들의 방으로 뒷걸음질했다. 그사이 동생은
돌연 중단된 연주 후의 망연자실 상태에서 벗어나 있었다. 바이올
린과 활을 힘없이 든 채 마치 계속 연주를 할 것처럼 한동안 악보를
보았다. 그러다 갑자기 벌떡 일어나, 소파에서 격렬한 폐의 움직임
으로 호흡곤란에 빠져 있던 어머니의 무릎에 바이올린과 활을 내
려놓고는 하숙생들의 방으로 득달같이 달려갔다. 그사이 하숙생들

은 아버지의 밀어붙이는 기세에 눌려 점점 더 빨리 방에 접근하고 있었다. 곧이어 동생이 익숙한 손놀림으로 침대 위의 이불과 베개를 공중으로 휘휘 날리며 정돈하는 모습이 보였다. 동생은 하숙생들이 방에 들어오기 전에 잠자리 정리를 모두 끝내고 방을 빠져나왔다. 아버지는 이전의 고집이 되살아났는지, 하숙생들에게 지켜야 할 예의를 깡그리 잊은 채 오로지 밀어붙이기만 했다. 그러다 마침내 문가에 이르렀을 때 가운데 남자가 발로 쿵 하고 바닥을 굴렀고, 그와 동시에 아버지도 뚝 멈추어 섰다.

"이 자리에서 분명히 말씀드리자면…."

남자가 손을 들더니 어머니와 동생까지 동시에 바라보았다.

"이 집에 만연한 역겨운 상황 때문에 나는…."

이 대목에서 그는 결기를 보여주려는지 바닥에 침을 퉤 뱉었다.

"당장 이 집에서 나가겠습니다. 내가 여기 거주한 기간에 대한 하숙비는 당연히 한 푼도 내지 않을 겁니다. 오히려 배상을 청구해야 하지 않을까 고민 중입니다. 짐작하고 계시겠지만 그럴 만한 근거는 충분하니까요."

남자는 이제 입을 다물고 지긋이 앞을 바라보았다. 마치 기다리는 게 있다는 듯이. 그걸 알아챈 다른 두 남자가 즉시 거들고 나섰다.

"우리도 당장 나가겠습니다."

이어 가운데 남자는 문손잡이를 잡고 문을 쾅 닫아버렸다.

아버지는 양손으로 더듬거리며 소파 쪽으로 힘없이 걸어가더니 털썩 주저앉았다. 겉으로는 평상시처럼 저녁 단잠을 취할 것처럼 보였지만, 어딘가 나사가 풀린 듯 고개를 계속 세차게 끄덕거리는 걸로 봐서 잠을 자는 것 같지는 않았다. 그레고르는 하숙생들이 자신을 처음 발견한 자리에 내내 얌전히 누워 있었다. 자신의 계획이 어그러진 것에 대한 실망 때문이기도 하고, 또 몇 날 며칠 굶어서 몸이 허약해졌기 때문이기도 해서 도무지 몸을 움직일 수가 없었다. 그는 곧 사방에서 자신에게 떨어질 날벼락을 두려운 마음으로 기다렸다. 그런 일은 피할 수 없어 보였다. 그러다 보니 어머니의 손이 너무 덜덜 떨려 무릎에서 떨어진 바이올린에서 날카로운 소리가 났는데도 전혀 놀라지 않았다.

"어머니, 아버지."

동생이 뭔가 할 말이 있다는 듯 손바닥으로 식탁을 툭툭 쳤다.

"이렇게는 더 이상 살 수가 없어요. 두 분은 알면서도 외면하고 계시는지는 몰라도 저는 안 되겠어요. 저 괴물을 오빠라고 부르고 싶지 않아요. 어떻게든 저걸 치워버려야 해요. 돌보고 참는 데도 한계가 있어요. 우린 사람으로서의 도리는 다했다고 생각해요. 누구도 우리한테 비난을 할 수는 없을 거예요."

"백번 천번 맞는 소리다."

아버지가 맞장구를 쳤다. 하지만 여전히 제대로 숨을 쉬지 못하고 있던 어머니는 손으로 입을 막고 정신 나간 눈빛으로 거칠게 기침을 하기 시작했다.

동생은 얼른 어머니에게 다가가 이마에다 손을 올렸다. 아버지는 딸아이의 말을 통해 생각이 명확하게 정리되었는지, 이제 허리를 꼿꼿이 펴고 앉아 하숙생들이 저녁 식사를 끝내고 아직 치우지 않은 접시들 사이에서 사환 모자를 만지작거렸다. 그러면서 간간이 얌전하게 누워 있는 그레고르에게 눈길을 주었다.

"저걸 치워버려야 해요."

이제 동생은 아버지에게만 얘기했다. 어머니는 기침 때문에 아무것도 들을 수 없는 상태였다.

"저게 어머니 아버지를 말라죽일 거예요. 내 눈에 뻔히 보여요. 우리 모두 밖에서 정말 힘들게 일하는데, 집에 와서까지 저것 때문에 영원히 고통을 겪어야 한다는 건 견딜 수가 없어요. 더 이상은 못하겠어요."

순간 동생은 울음을 와락 터뜨렸고, 걷잡을 수 없이 쏟아지는 눈물이 어머니의 얼굴에까지 흘러내렸다. 동생은 기계적인 동작으로 어머니의 얼굴에서 눈물을 닦았다.

"얘야, 그럼 이제 어떻게 하면 되겠니?"

아버지가 이해심이 묻어나는 연민의 목소리로 말했다.

동생은 자기도 모르겠다는 듯 어깨만 으쓱했다. 우는 동안 이전의 자신감이 반대쪽으로 움직인 듯했다.

"쟤가 말만 알아들을 수 있어도…."

아버지가 반쯤 묻는 어조로 말했다. 동생은 여전히 우는 중에도 격하게 손사래를 쳤다. 그런 건 기대하지도 말라는 뜻이었다.

"쟤가 말만 알아들을 수 있어도…."

아버지가 같은 말을 반복하면서도 눈을 감음으로써, 그게 불가능한 일이라는 딸아이의 확신을 받아들였다.

"… 쟤와 합의를 볼 수 있을 텐데. 하지만 그건…."

"치워버려야 해요!"

동생이 소리쳤다.

"아버지, 그 방법밖에 없어요. 저게 그레고르라는 생각부터 버려야 해요. 우리가 지금껏 그렇게 생각하는 바람에 이렇게 불행이 닥친 거예요. 저게 어떻게 그레고르예요? 만일 그레고르였다면 저런 꼴로 인간과 함께 사는 게 불가능하다는 걸 진작 깨닫고 알아서 떠났을 거예요. 그러면 우리는 오빠를 잃겠지만, 대신 오빠를 좋은 마음으로 기억하면서 계속 살아갔을 거예요. 그런데 저 짐승이 하는 꼴을 보세요. 우리를 못살게 굴고, 하숙생들을 내쫓고 있어요. 나중에는 분명 이 집까지 독차지하려고 우리를 길바닥으로 내쫓을 거예요. 저 봐요, 아버지!"

동생이 갑자기 비명을 질렀다.

"또 시작이에요!"

동생은 그레고르로서는 도저히 이해가 안 되는 두려움에 빠져 의자에서 벌떡 일어나더니, 그레고르 곁에 있느니 차라리 어머니를 제물로 바치는 게 낫다는 듯이 어머니를 버리고 얼른 아버지 뒤에 숨었다. 아버지도 공연히 딸아이의 행동에 흥분해서 벌떡 일어나, 딸아이를 보호하려는 듯 두 팔을 반쯤 들었다.

그레고르는 동생은 물론이고 다른 누구에게도 겁을 줄 생각이 전혀 없었다. 그저 방으로 돌아가려고 몸을 돌렸을 뿐이다. 물론 이제는 그 동작조차 상당히 유난스러워 보이기는 했다. 몸이 무척 안 좋은 상태라 힘겹게 방향을 틀 때 머리로 거들어야 했기 때문이다. 그 과정에서 머리를 들었다 바닥에 찧었다 하는 동작이 반복되었다. 그는 동생의 말을 듣는 순간 동작을 멈추고 주위를 돌아보았다. 그의 선의가 인정받은 듯했다. 그러나 순간적으로 깜짝 놀란 것뿐이었다. 이제 다들 묵묵히 슬픈 표정으로 그를 바라보았다. 어머니는 다리를 쭉 뻗고 나란히 붙인 채 소파에 누워 있었다. 기력이 없어

눈도 거의 감은 상태였다. 아버지와 동생은 나란히 앉아 있었는데, 동생이 아버지의 목을 한 팔로 감고 있었다.

'이젠 돌아서도 되겠지?'

그레고르는 이렇게 생각하며 다시 움직이기 시작했다. 힘을 쓰느라 계속 숨이 차서 이따금 휴식을 취했다. 어차피 몰아대는 사람은 없었고, 모든 것이 그에게 맡겨졌다. 그레고르는 완전히 몸을 돌리자마자 곧장 돌진하기 시작했다. 방까지의 거리가 이렇게 먼지 미처 몰랐다. 조금 전 그렇게 허약한 몸으로 어떻게 이 거리를 자신도 모르게 기어왔는지 이해가 되지 않았다. 그는 오직 빠르게 기어야 한다는 한 가지 생각밖에 없어, 뒤에서 아무도 말이나 외침으로 자신을 방해하지 않고 있다는 사실조차 의식하지 못했다. 문가에 닿았을 때야 고개를 돌려보았다. 목이 뻐근해서 완전히 돌아가지는 않았는데, 어쨌든 뒤쪽의 상황이 아무것도 바뀌지 않았음을 알아볼 수 있었다. 자리에서 일어난 동생만 빼면 말이다. 그의 눈길이 이제 완전히 잠들어 있는 어머니를 마지막으로 스쳐지나갔다.

그레고르가 방에 들어서자마자 뒤에서 문이 급하게 닫히더니 빗장이 쳐졌다. 그는 갑작스런 소리에 어찌나 놀랐던지 작은 다리들이 풀썩 꺾였다. 다급하게 달려와 문을 잠근 사람은 동생이었다. 그러니까 진작 일어나 기다리고 있다가, 그레고르가 방에 들어가는 순간 쏜살같이 달려온 것이다. 그레고르는 동생이 달려오는 소리를 듣지 못했다. 동생은 자물쇠에 열쇠를 넣고 돌리면서 부모님을 향해 소리쳤다.

"드디어 해냈어요!"

"이제 어떡하지?"

그레고르는 이렇게 혼자 물으며 어둠 속을 둘러보았다. 자신이 더는 움직일 수 없는 상태임을 곧 알아차렸다. 놀랍지 않았다. 오히려 지금껏 이렇게 약하고 얇은 다리로 어떻게 그렇게 오랫동안 움직여왔는지 신기할 따름이었다. 온몸에 통증이 있었지만, 그게 서서히 약해지고 또 약해지다가 마침내 완전히 사라지는 듯했다. 등에 박힌 썩은 사과와 먼지로 뒤덮인 사과 주변의 염증도 이젠 거의 느껴지지 않았다. 가족을 떠올리니 감동과 사랑이 밀려왔다. 자신이 없어져야 한다는 생각은 동생보다 오히려 자신이 더 확고했을지 모른다. 시계탑이 새벽 3시를 알릴 때까지도 그는 이렇게 공허하고 평화로운 상념에 빠져 있었다. 창밖이 밝아오기 시작하는 것이 아직 느껴졌다. 그러다 그의 의지와 상관없이 머리가 풀썩 꺾였고, 콧구멍에서 마지막 숨결이 희미하게 새어나왔다.

이른 아침에 파출부가 왔다. 워낙 힘이 세고 성미가 급한지라, 제발 그러지 말라고 그렇게 부탁했는데도 전혀 들어 먹지 않고 문을 쾅쾅 닫았다. 그 바람에 그녀가 오면 이 집 사람들은 편히 잠을 잘 수가 없었다. 그날도 파출부는 평소처럼 그레고르의 방을 잠시 들여다보면서 처음에는 딱히 이상한 점을 발견하지 못했다. 그레고르가 일부러 저렇게 꼼짝 않고 누운 채 속이 상한 걸 표시하고 있다고 생각했다. 그럴 만한 정신머리는 있는 녀석이라고 믿었기 때문이다. 그녀는 마침 손에 빗자루를 들고 있어서 그걸로 문가에서 그레고르를 간질여보았다. 그래도 반응이 없자 살짝 기분이 상해서 그레고르의 몸을 콕콕 찔렀다. 그제야 그녀는 이상한 걸 눈치챘다. 그의 몸이 아무 저항 없이 쑥쑥 밀려난 것이다. 곧 사태의 진상을 깨달았을 때 파출부는 눈을 동그랗게 뜨고 자기도 모르게 휘파람을 불었다. 그러고는 지체하지 않고 집주인의 침실로 달려가 문을 활짝 열어젖히고는 어둠 속을 향해 우렁차게 소리쳤다.

"이리 좀 와봐요! 저게 뒈졌어요! 완전히 뒈져서 바닥에 뻗어 있다고요!"

잠자 씨 부부가 침대에서 벌떡 몸을 일으켰다. 파출부가 일으킨 소란에서 일단 마음을 진정시키고 나서야 그녀의 말을 제대로 알아들을 수 있었다. 잠자 씨와 부인은 침대 양쪽으로 급히 내려왔다. 잠자 씨는 어깨에 담요를 두른 채, 부인은 잠옷 차림 그대로 그레고르의 방으로 갔다. 그사이 거실문은 열려 있었다. 하숙생들이 들어온 뒤로 거실에서 잠을 자던 그레테는 옷을 완벽하게 차려입고 있었다. 마치 한숨도 잠을 자지 않은 사람 같았는데, 실제로도 그녀의 파리한 얼굴이 그것을 증명해주는 듯했다.

"죽었다고요?"

잠자 씨 부인이 이렇게 말하며, 묻는 표정으로 파출부를 쳐다보았다. 자신이 직접 확인할 수도 있고, 굳이 확인하지 않더라도 충분히 알 수 있는 상태였음에도 말이다.

"그렇다니까요."

파출부가 자기 말을 증명이라도 하려는 듯 그레고르의 사체를 빗자루로 툭 밀치자 사체는 힘없이 주르르 밀려갔다. 잠자 씨 부인은 빗자루를 제지하려는 동작을 취하다가 그만두었다.

"이제야 주님께 감사드릴 수 있겠군."

잠자 씨가 성호를 긋자 나머지 세 여자도 따라 했다. 사체에서 눈을 떼지 않고 있던 그레테가 말했다.

"저것 좀 봐요. 완전히 껍데기밖에 안 남았어요. 오랫동안 아무

것도 먹지 않았거든요. 음식을 들여놓으면 그대로 다시 나오곤 했어요."

실제로 그레고르의 몸은 완전히 마르고 납작해져 있었다. 다들 그 사실을 지금에야 알아차렸다. 그레고르가 더는 일어서지도, 보지도 못하는 지금에야 말이다.

"그레테, 같이 가서 우리랑 잠시 얘기 좀 하자."

잠자 씨 부인이 슬픈 미소를 지으며 말했다. 그레테는 부모님을 따라 침실로 걸어가면서 사체에서 눈을 떼지 못했다. 파출부가 문을 닫고 창문을 활짝 열어젖혔다. 이른 아침인데도 선선한 대기에 미지근한 온기가 섞여 있었다. 벌써 3월 말이었다.

하숙생들이 방에서 나와 어리둥절한 얼굴로 두리번거리며 아침 식사를 찾았다. 다들 하숙생의 존재를 까맣게 잊고 있었다.

"아침 식사가 어디 있죠?"

가운데 남자가 언짢은 목소리로 물었다. 파출부는 손가락을 입에 갖다 대며, 하숙생들에게 얼른 그레고르의 방으로 가보라고 손짓을 했다. 그들도 이제 그레고르의 방으로 들어갔고, 다소 낡은 저고리 주머니에 손을 찔러넣은 채 벌써 완전히 환해진 방 안에서 사체 주위에 둘러섰다.

그때였다. 침실 문이 열리더니 잠자 씨가 사환 제복을 입고 나타났다. 한쪽엔 부인이, 다른 쪽엔 딸이 팔을 붙들고 있었다. 다들 약간 운 표정이었고, 그레테는 이따금 아버지 팔에 얼굴을 묻었다.

"당신들 당장 내 집에서 나가시오!"

아버지가 현관문을 가리키며 말했다. 이런 동작에도 모녀는 아버지의 팔에서 떨어지지 않았다.

"무슨 소리신지…?"

가운데 남자가 약간 당황한 표정으로 묻더니 알랑거리듯이 웃었다. 다른 두 남자는 뒷짐을 진 채 쉴 새 없이 두 손을 비벼댔다. 대판 싸움이 붙길 은근히 기대하는 눈치였다. 자신들에게 유리한 쪽으로 결판날 거라고 확신하면서 말이다.

"말한 그대로요. 내 집에서 당장 나가시오!"

잠자 씨는 이렇게 대꾸하며 양쪽의 두 여자와 함께 일렬로 서서 하숙생에게 성큼 다가갔다. 남자는 처음엔 가만히 있다가 이내 바닥 쪽으로 고개를 숙였다. 마치 머릿속으로 이 일을 어떻게 수습할지 궁리하는 것처럼.

"알았소, 나가겠소!"

남자는 이렇게 말하고는 잠자 씨를 쳐다보았다. 갑자기 굴욕감에 사로잡혀, 이 결정에 대해 또 다른 허락을 구하기라도 하는 듯이. 잠자 씨는 눈을 부릅뜨고 짧게 고개만 몇 번 끄덕거렸다. 곧이어 남자는 정말 현관 쪽으로 성큼성큼 걸어갔다. 그사이 얌전히 손을 내려놓고 대화를 듣고 있던 다른 두 남자도 폴짝폴짝 뛰듯이 자신들의 우두머리를 뒤따라갔다. 잠자 씨가 혹시 현관으로 가는 길을 가로막고 우두머리와 합류하는 것을 방해하지 않을까 불안했던 모양이다. 현관에서 세 남자는 옷걸이에 걸린 모자를 집었고, 지팡이통에서 각자 지팡이를 꺼내 들었다. 그러고는 묵묵히 인사를 하고 집을 나갔다. 그럼에도 잠자 씨는 혹시나 하는 마음에 두 여자와 함께 현관 밖까지 따라 나갔지만, 곧 근거 없는 의심으로 드러났다. 난간에 기대 지켜보니, 세 남자는 비록 느리긴 해도 계속 긴 계단을 내려갔고, 층마다 계단실이 일정하게 꺾이는 지점에서 사라졌다가 몇 순간 뒤에 다시 나타났다. 그들이 아래로 내려갈수록 그들에 대한 잠자 씨 가족의 관심도 식어갔다. 이윽고 한 정육점 점원이 머리에 광주리를 이고 당당한 자세로 그들 곁을 지나 더 높은 층으로 올라갔을 때, 잠자 씨 가족도 난간에서 떨어져 홀가분한 심정으로 집으로 돌아왔다.

다들 오늘 하루는 푹 쉬고 산책이나 가기로 마음먹었다. 하루 정도는 쉴 자격이 충분할 뿐 아니라 반드시 필요한 일이라고 생각했기 때문이다. 이렇게 해서 세 사람은 식탁에 앉아 세 통의 사죄 편지를 썼다. 잠자 씨는 지배인에게, 부인은 일감을 준 사람에게, 그레테는 가게 주인에게. 편지를 쓰고 있는데 파출부가 들어와, 아침 일이 끝났으니 이제 자기는 가보겠다고 말했다. 가족들은 편지를 쓰면서 처음엔 눈을 들지 않고 그냥 고개만 끄덕했다. 그런데 파출부가 떠날 생각을 하지 않자 그제야 다들 짜증이 묻어나는 표정으로 고개를 들었다.

"왜 그러고 있소?"

잠자 씨가 물었다. 파출부는 문가에서 미소를 지으며 서 있었다. 이 가족에게 정말 반가운 소식이 있는데, 궁금증을 못 참고 꼬치꼬치 캐물어야만 알려주겠다는 표정이었다. 그녀의 모자에 뻣뻣하게 달린 작은 타조 깃털까지 사람을 놀리듯 사방으로 까불거리고 있었다. 그렇지 않아도 파출부가 이 집에서 일하는 내내 잠자 씨가 고깝게 생각하던 장식이었다.

"무슨 할 말이라도 있어요?"

파출부가 이 가족 중에서 그나마 가장 존중하는 잠자 부인이 물었다.

"예."

파출부는 이렇게 대답하고는 너무 표나게 즐거운 미소를 짓느라 말을 이어가지 못했다.

"그러니까 저 옆방의 잡것을 어떻게 치워야 할지 걱정하지 않으셔도 된다는 겁니다. 벌써 처리했으니까요."

잠자 부인과 그레테는 편지를 계속 쓰려는 듯 고개를 숙였다. 파출부가 세세하게 이것저것 이야기하려고 하는 낌새를 보이자, 잠자씨는 손을 쭉 뻗어 단호하게 막았다. 이야기를 할 수 없게 된 파출부는 급한 볼일이 있다는 걸 깜박했다고 하면서 이렇게 소리쳤다.

"다들 잘 계슈. 나는 갑니다."

모욕감을 느낀 게 분명했다. 파출부는 몸을 홱 돌리더니 집 안이 울리도록 문을 쾅 닫고 집을 나갔다.

"아무래도 오늘 저녁에 해고해야겠어."

잠자 씨가 말했다. 부인도 딸도 대꾸를 하지 않았다. 간신히 얻은 마음의 평화를 파출부 때문에 망쳐버린 듯했다. 모녀는 자리에서 일어나 창가로 가더니 한참을 부둥켜안고 서 있었다. 잠자 씨는 소파에서 고개를 돌려 잠시 말없이 두 사람을 관찰하더니 소리쳤다.

"이리 와요. 지나간 일은 다 잊어버리고. 나한테도 신경 좀 써줘."

모녀는 얼른 그에게 다가가 어루만져주고는 서둘러 편지를 마무리 지었다.

이어 세 사람은 함께 집을 나섰다. 몇 달 동안 없던 일이었다. 그들은 전차를 타고 교외로 갔다. 그들만 앉아 있는 전차 안으로 따스한 햇살이 비쳐 들었다. 잠자 씨 가족은 편안하게 의자에 등을 기댄 채 미래에 관해 이야기했다. 가만히 따져보니 전망이 그리 나쁘지만은 않았다. 셋 다 어쨌든 일자리가 있었고, 게다가 서로 꼬치꼬치 묻지는 않았지만 그 정도면 조건도 괜찮은 편이었고, 특히 전망이 밝았다. 당장 이사만 하더라도 분명 형편이 한결 더 나아질 듯했다. 그들은 그레고르가 고른 지금의 집보다 더 작고 싸지만, 입지가 좋고 훨씬 더 실용적인 집을 구할 생각이었다. 이런 대화를 나누는 동안 잠자 씨 부부는 점점 더 활기차게 변하는 딸아이를 보면서, 최근 몇 개월간 얼굴이 창백해질 정도로 온갖 고초를 겪었음에도 딸아이가 어느새 아름답고 풍만한 숙녀로 활짝 피어나고 있다는 사실을 거의 동시에 깨달았다. 두 사람은 말없이 은근슬쩍 눈길만 주고받으면서, 이제 딸아이를 위해 착실한 남편감을 찾아줄 시간이 되었다고 생각했다. 전차가 목적지에 닿았을 때 딸아이가 가장 먼저 일어나 그 젊고 싱싱한 몸을 쭉 펴는 순간, 잠자 씨 부부는 자신들의 새로운 꿈과 선한 의도가 옳았음을 새삼 느낄 수 있었다.

시골 의사

무척 당혹스러웠다. 급히 먼 길을 떠날 일이 생긴 것이다. 중환자가 16킬로미터 떨어진 마을에서 나를 기다리고 있었다. 나와 환자 사이의 공간에는 강한 눈보라가 몰아쳤다. 마차는 준비되어 있었다. 가볍지만 바퀴가 큼직해서 이런 시골길에 안성맞춤이었다. 나는 모피 외투를 입고 왕진 가방을 든 채 마당에 서 있었다. 여행 준비는 끝났다. 그런데 말이 없었다. 마차를 끌 말이. 내 말은 혹독한 올겨울에 너무 혹사를 당해 지난밤에 죽었다. 이제 하녀가 말을 빌리러 온 마을을 돌아다니고 있었다. 가망 없는 짓이라는 건 나도 알고 있었다. 눈은 점점 쌓여갔고, 이런 상황에서 이동하는 건 힘들 수밖에 없었다. 나는 하릴없이 마당에 서 있었다. 대문가에 하녀가 나타났다. 혼자였다. 그녀가 손에 든 램프를 흔들었다. 예상한 일이었다. 이런 날씨에 그 먼 길을 떠난다는데 누가 말을 빌려주겠는가? 나는 다시 한 번 마당을 이쪽 끝에서 저쪽 끝까지 걸어갔다. 가능성이 없었다. 산란하고 괴로운 마음에 나는 몇 년 전부터 사용하지 않던 돼지우리의 부서진 문을 걷어찼다. 젖혀진 문이 경첩에 매달린 채 삐걱거렸다. 말의 온기와 냄새가 훅 끼쳐 나왔다. 안에서는 희뿌연 축사용 램프가 밧줄에 매달린 채 대롱거렸다. 나지막한 판자 칸막이 안에 웅크리고 있던 남자가 불쑥 얼굴을 드러냈다. 눈이 파란 사내였다. 그가 네 발로 기어나오며 물었다.

"말을 대령할깝쇼?"

나는 뭐라고 대답해야 할지 몰라, 축사 안에 뭐가 더 있는지 살펴보려고 몸을 굽히기만 했다. 내 옆에 서 있던 하녀가 말했다.

"사람들은 자기 집에 뭐가 있는지도 몰라요."

이 말에 우리 둘은 동시에 웃었다.

"어이, 형제. 어이, 누이!"

마부가 소리치자 말 두 마리가 차례로 나타났다. 옆구리가 실하고 힘이 좋아 보이는 말이었다. 녀석들은 낙타처럼 잘생긴 머리를 숙이고 다리를 안쪽으로 모은 채, 몸통을 돌리는 힘만으로 좁은 칸막이에서 빠져나왔다. 그런데 밖으로 나오자마자 다리를 쭉 펴고 몸을 꼿꼿이 세웠다. 몸통에서는 연신 더운 김이 피어올랐다. 내가 하녀에게 말했다.

"도와줘라."

말을 잘 듣는 하녀는 마구馬具를 건네려고 얼른 마부에게 다가갔다. 순간 마부가 하녀를 와락 껴안더니 그녀의 볼에다 얼굴을 비비며 깨문다. 하녀가 비명을 지르며 내게로 도망쳐온다. 하녀의 볼에 붉은 이빨 자국이 선명하게 나 있다.

"이 짐승 같은 놈! 채찍 맛을 볼 테냐?"

내가 격분해서 소리친다.

순간 나는, 그가 낯선 사람이고, 어디서 왔는지도 모르고, 아무도 도와주려고 하지 않는 이 난감한 상황에서 자발적으로 나를 도와주려고 나선 사람이라는 생각이 퍼뜩 든다. 사내도 나의 이런 생각을 읽었는지 나의 위협을 고깝게 여기지 않고, 말에다 계속 마구를 씌우며 나를 슬쩍 한 번 돌아볼 뿐이다. 그러더니 말한다.

"타시지요."

실제로 모든 것이 완벽하게 준비되어 있다. 이제껏 이렇게 멋진 마차를 탄 적이 없다는 생각이 들면서 나는 즐거운 마음으로 마차에 오른다.

"마차는 내가 몰겠네. 자네는 길을 모르니까."

"물론입죠. 쉰네는 같이 가지 않고 로자하고 있겠습니다."

사내가 말한다.

"안 돼!"

로자는 이렇게 소리치고는 피할 수 없는 운명을 예감하며 얼른 집 안으로 뛰어들어간다. 문고리가 걸리고, 자물쇠가 잠기는 소리가 들린다. 하녀가 복도와 방을 바쁘게 쫓아다니며, 자신을 찾을 수 없도록 불이란 불을 죄다 끄는 것도 보인다.

"나하고 같이 가게."

내가 사내에게 말한다.

"안 그러면 나도 가지 않겠네. 아무리 급한 일이라고 하더라도. 이 여행의 대가로 자네한테 하녀를 넘겨줄 생각은 없어."

"이라!"

사내가 소리치더니 손뼉을 친다. 순간 마치 나무가 급류에 휩쓸리듯 마차가 앞으로 쏜살같이 튀어나간다. 그사이 사내의 돌진으로 내 집 현관문이 박살 나는 소리가 들린다. 이어 모든 감각으로 고르게 파고드는 쌩쌩거리는 질주가 내 눈과 귀에 선연하게 느껴진다. 그러나 그도 한순간이다. 마치 내 집 현관문이 환자의 마당과 바로 연결된 것처럼 나는 순식간에 도착해 있다. 말들은 차분하게 서 있고, 눈발도 그사이 그쳤다. 주위에 달빛이 가득하다. 환자의 부모가 집에서 득달같이 달려나온다. 환자의 누이도 뒤따른다. 그들은 나를 거의 안아 나르듯이 마차에서 내린다. 가족들의 어지러운 말로는 환자 상태를 짐작할 수 없다. 환자 방은 숨을 쉬기 어려울 정도로 공기가 답답하다. 제대로 돌보지 않은 화덕에서 연기가 피어오른다. 나는 창문을 열려고 한다. 그러나 환자를 살펴보는 것이 먼저

다. 마르고, 열이 없고, 몸이 차지도 뜨겁지도 않으며, 눈에 초점이 없고, 셔츠도 입지 않은 앳된 청년이 깃털 이불 밑에서 몸을 일으키 며 나의 목에 매달려 귀에다 속삭인다.

"의사 선생님, 저를 죽게 내버려두세요."

나는 주위를 둘러본다. 이 말을 들은 사람은 없어 보인다. 부모는 묵묵히 몸을 구부린 채 내 진단을 기다린다. 누이는 그새 내 왕진 가 방을 놓을 의자를 갖다놓았다. 나는 가방을 열고 진찰 도구를 찾는 다. 청년은 자신의 부탁을 상기시키려는 듯 줄곧 침대에서 나를 더 듬거리며 찾는다. 나는 핀셋을 집어 양초 불빛 아래서 살펴본 뒤 다 시 내려놓는다. 그러고는 불경스러운 생각에 잠긴다.

'그래, 이런 경우엔 신들이 도와주시지. 없던 말을 보내주시고, 그것도 빨리 달리라고 두 마리나 보내주셨어. 게다가 과분하게도 마부까지 내려주시고!'

그제야 로자가 떠오른다. 어떻게 해야 하지? 로자를 어떻게 구 하지? 저 마부 놈의 손아귀에서 로자를 어떻게 빼내지? 그녀와는 16킬로미터나 떨어져 있고, 마차를 끄는 말들은 제어가 안 되는데? 어찌 된 영문인지 말들은 이제 고삐가 느슨해졌고, 창문들은 밖에 서 안으로 열려 있으며, 말 두 마리는 각각 창문 안쪽으로 고개를 들 이민 채 가족들의 비명에도 아랑곳없이 환자를 관찰하고 있다.

'어서 돌아가야겠어.'

나는 생각한다. 마치 말들이 내게 돌아가라고 요구하는 것처럼. 그때 환자 누이가 내 모피 외투를 벗긴다. 너무 더워 내가 잠시 넋이 나간 사람처럼 보인 모양이다. 나는 누이의 손짓을 내버려둔다. 노 인네가 럼주를 한 잔 따라 내 어깨를 톡톡 치며 건넨다. 자신이 아끼는 술을 내놓으니 이 정도 친밀감은 표시해도 된다고 생각하는 것 같다. 나는 고개를 젓는다. 노인네의 그런 편협한 사고방식이 영 못 마땅하게 느껴진다. 술을 거절한 것도 그 때문이다. 침대 옆에 서 있던 어머니가 나를 이끈다. 나는 그 손에 이끌려, 말 한 마리가 천장까지 쩌렁쩌렁 울릴 정도로 휘이잉 우는 동안 청년의 가슴에 머리를 댄다. 차갑고 축축한 수염 때문에 청년이 몸을 부르르 떤다. 역시 내 예상이 맞다. 청년은 건강하다. 혈액순환에 약간 문제가 있고, 어머니의 걱정 어린 권유로 커피를 너무 많이 마시긴 했지만 건강하다. 그냥 침대에서 홱 밀쳐서 일어나게 하는 것이 가장 좋은 방법으로 보인다. 그러나 나는 세계 개혁가가 아니어서 청년을 내버려둔다. 나는 지역에 고용된 의사로서 너무 과하다 싶을 정도로까지 열심히 의무를 수행한다. 보수는 변변찮지만, 그래도 잘 베풀고 늘 가난한 사람을 도울 준비가 돼 있다. 이제는 로자도 돌보아야 한다. 그렇다면 청년의 말이 맞는지도 모른다. 나도 죽고 싶은 심정이니까. 이 끝없는 겨울에 여기서 내가 뭘 하고 있지? 내 말은 죽었고, 마을에는 내게 말을 빌려주려는 사람이 하나도 없었다. 마차를 끌동물도 돼지우리에서 찾아야 했다. 마침 거기에 말이 없었더라면 나는 암돼지를 매달고 달려야 했을지 모른다. 지금까지의 사정이 그렇다. 나는 이 가족에게 고개를 끄덕거려준다. 그들은 이런 사정을 전혀 모른다. 설사 안다고 해도 믿지 않을 것이다. 처방전을 쓰는 건 쉽다. 그러나 사람들과 소통하는 건 어렵다. 그렇다면 나의 방문은 여기서 끝날 것이다. 사람들은 또다시 내게 괜한 수고만 하게 했다. 물론 그런 일엔 이제 이골이 나 있다. 이 지역 사람들은 야간 비상벨로 나를 들들 볶는다. 하지만 이번엔 로자까지 희생시켜야 한다. 지금껏 별 신경을 못 썼지만 수년 동안 내 집에 함께 살았던 어여쁜 아가씨다. 이 희생은 너무 크다. 아무리 그럴 뜻이 있다고 해도 어차피 로자를 돌려줄 수 없는 이 가족에게 내가 덤벼들지 않으려면 어떻게든 궤변으로라도 이 희생을 머릿속에서 정리해야 한다. 나는 왕진 가방을 닫고 모피 외투를 달라고 손짓한다. 가족은 일렬로 서 있고, 아버지는 손에 든 럼주를 킁킁거리고, 어머니는 내게 실망했는지(이곳 사람들은 대체 나한테 뭘 기대하는 걸까?) 두 눈에 눈물이 가득 고인 채 입술을 깨물고, 누이는 피가 잔뜩 묻은 손수건을 흔들고 있다. 경우에 따라서는 나도 청년이 어쩌면 정말 아픈지도 모른다고 인정할 용의가 있다. 내가 다가가자 청년은 미소를 지어준다. 마치 내가 원기 회복에 좋은 수프라도 갖다준 것처럼. 아, 그때 말 두 마리가 힝힝 운다. 저 높은 곳의 지시를 받고 나의 진찰을 도와주려는 것일까? 이제 나는 청년이 진짜 아픈 것을 발견한다. 오른쪽 옆구리, 정확하게는 엉덩이 쪽에 손바닥만 한 상처가 벌어져 있다. 분홍빛이 도는 상처는 부위마다 농도가 다르다. 안으로 들어갈수록 색이 짙고 바깥으로 나올수록 옅다. 불규칙하게 피가 몰린 좁쌀 모양의 발진이 보이고, 상처는 노천광露天鑛처럼 노출되어 있다. 좀 떨어져서 보면 그렇다. 하지만 가까이서 보면 상태는 심각해 보인다. 이걸 보고서 누가 소름이 돋지 않을까? 굵기와 길이가 내 새끼손가락만 하고, 몸 자체가 분홍빛인 데다 피까지 묻어 있는 벌레들이 상처 안쪽에 달라붙은 채, 흰 머리통과 무수한 다리를 움직이며 밝은 곳으로 나오려고 꿈틀거린다. 불쌍한 아이, 너를 도와줄 방법이 없어. 내가 우연히 이 큼직한 상처를 찾아냈어. 옆구리의 이 꽃 때문에 너는 죽음을 맞을 거야. 가족들은 내가 일하는 것을 보며 행복해한다.

누이는 어머니에게 그것을 말하고, 어머니는 아버지에게 말하고, 아버지는 몇몇 손님에게 말한다. 손님들이 달빛 사이로 두 팔을 벌려 균형을 잡으며 발꿈치를 들고 살금살금 열린 문으로 들어온다.

"나를 구해줄 건가요?"

청년은 이런 상처를 안고 살아가는 것을 견디지 못하고 울먹이며 속삭인다. 이 지역 사람들은 늘 이런 식이다. 의사에게 항상 불가능한 것을 요구한다. 다들 예전의 신앙을 잃어버렸다. 사제는 이제 집에 앉아 미사복만 차례로 쥐어뜯는다. 이제는 의사가 외과수술을 하는 섬세한 손으로 그 모든 걸 대신해주길 바란다. 그래, 마음대로 하라지. 나는 자청하지 않았다. 너희가 나를 성스러운 목적에 쓰겠다면 나 또한 그렇게 하게 내버려둘 생각이다. 하녀까지 빼앗긴 늙은 의사가 뭘 더 바라겠는가! 그들이 와서 내 옷을 벗긴다. 가족과 마을 원로들이다. 교사가 인솔하는 학교 합창단이 집 앞에 서서 단순한 멜로디에 가사를 붙여 노래를 부른다.

옷을 벗겨라, 그러면 그는 치료할 것이니,
치료하지 못하면 죽여라!
그는 의사일 뿐, 그는 의사일 뿐!

이어 나는 옷을 벗은 채로 수염을 만지작거리고 고개를 갸우뚱거리며 사람들을 찬찬히 바라본다. 나는 더없이 침착하고, 다른 이들보다 우월하다. 앞으로도 그러할 것이다. 물론 그래 봤자 소용이 없다. 이제 그들은 내 머리와 다리를 잡고 나를 침대로 옮기고 있기 때문이다. 그들은 나를 벽 쪽으로, 상처가 있는 옆구리 쪽으로 누인다. 그러고는 모두 방을 나간다. 문이 닫힌다. 노래가 그친다. 구름이 달을 가린다. 이불이 나를 따스하게 감싼다. 말의 머리통이 창문 속에서 그림자처럼 어른거린다.

"그거 알아?"

누군가 내 귀에 대고 말하는 소리가 들린다.

"난 너를 조금도 믿지 않아. 너도 어딘가에 그냥 뚝 떨어진 것뿐이야. 네 발로 걸어온 게 아냐. 너는 나를 도와주기는커녕 내가 죽어가는 침대를 더 좁게 하고 있어. 네 눈을 후벼 팠으면 좋겠어."

"맞아. 그건 수치스러운 일이야. 하지만 난 의사야. 내가 뭘 할 수 있지? 내 말을 믿어줘, 나도 그게 쉽지 않아."

내가 말한다.

"나보고 그런 변명에 만족하라고? 아, 그래, 어쩌면 그래야 할지도. 항상 그래 왔으니까. 나는 이 아름다운 상처를 갖고 세상에 왔어. 그게 내가 지참한 전부였어."

"어이, 젊은 친구. 자네 실수는 뭔가 크게 보지 못한다는 거야. 아픈 사람들을 오랫동안 두루 살펴본 사람으로서 말하건대, 자네 상처는 그리 나쁘지 않아. 도끼로 예리하게 두 번 내려친 것뿐이야. 많은 사람이 자기 옆구리를 알아서 내줘. 숲속에서 도끼 소리가 들리는 것을 모르거든. 하물며 도끼가 다가오는 걸 어떻게 알겠어?"

내가 말한다.

"정말이야? 열병에 걸린 나를 속이는 게 아니고?"

"정말이야. 공공 보건의의 명예를 걸고 하는 말이야. 받아들여."

그는 내 말을 받아들였는지 조용해졌다. 그렇다면 이제는 내가 살아날 방도를 생각할 시간이었다. 말들은 여전히 자기 자리에 충직하게 서 있었다. 나는 옷과 외투, 가방을 얼른 챙겼다. 옷을 입느라 시간을 지체하고 싶지는 않았다. 말들이 이리로 올 때처럼 빠르게 달려준다면 나는 이 침대에서 내 침대로 펄쩍 이동할 것이다. 말 한 마리가 창문에서 고분고분 고개를 뺐다. 나는 짐을 마차 안으로 던졌다. 외투는 너무 멀리 날아가 소매만 간신히 고리에 걸렸다. 그 정도면 충분했다. 나는 말 위에 홀쩍 뛰어올랐다. 고삐는 느슨하게 풀려 바닥에 질질 끌렸고, 두 말은 서로 연결되어 있지 않았고, 마차는 뒤에서 길을 잃고 흔들거렸으며, 외투는 마차 맨 뒤에서 눈 속에 휘날렸다.

"이랴!"

내가 소리쳤다. 이번에는 이 주문이 통하지 않았다. 우리는 노인처럼 천천히 황량한 눈밭을 지나갔다. 뒤에서는 새롭지만 잘못된 아이들의 노랫소리가 오랫동안 울려 퍼졌다.

> 기뻐하라, 너희 환자들이여,
> 의사가 너희 침대에 누워 있나니!

이런 식으로 가다가는 결코 집에 도착하지 못할 것이다. 나는 한창 잘나가던 의사 자리를 잃었다. 후임자가 내 자리를 훔쳐갔다. 그러나 소용없다. 나를 대체할 수는 없을 테니까. 내 집에서는 그 역겨운 마부 놈이 난동을 부리고, 로자는 그놈의 제물이 된다. 그건 생각하고 싶지 않다. 이 늙은 몸은 벌거벗은 채, 저 세상의 말이 끄는 이 세상의 마차를 타고 이 불행한 시대의 혹한 속을 정처 없이 떠돈다. 외투는 마차 뒤쪽에 걸려 있다. 거기까지는 손이 닿지 않는다. 그런데도 몸을 움직일 수 있는 환자 놈들 중에서 누구도 손가락 하나 까닥이지 않는다. 속았어! 속았어! 잘못 울린 야간 비상벨에 한 번 응한 것뿐인데, 돌이킬 수 없는 일이 벌어졌다.

카프카, 배척과 소외의 삶

프란츠 카프카는 1883년 오스트리아–헝가리 이중제국의 체코 프라하에서 독일어를 쓰는 유대인 중산층 가정의 장남으로 태어났다. 자수성가한 장신구 도매상이었던 아버지는 현실적이고 권위적인 반면에 어머니는 학자와 종교인, 괴짜 같은 인간을 다수 배출한 집안 출신의 지적이고 섬세한 사람이었다. 가부장적인 아버지와 섬세한 어머니는 토마스 만이《토니오 크뢰거Tonio Kröger》에서 예술가의 유전적 배경으로 지목한 양친의 구도와 일치한다. 게다가 흥미롭게도 부모의 유전자 차이가 클수록 천재적인 인간이 나올 가능성이 커진다는 일반적인 통계와도 맞아떨어진다.

전체적으로 카프카의 삶은 배척과 소외의 삶이었다. 몸은 유대계 체코인이었지만 정신적으로는 독일인이었고, 이런 독일적 성향으로 체코인들에게 배척당했으며, 제국 시민인 오스트리아인들에게는 변방의 보헤미아인으로 무시당했고, 독일인들에게는 유대인이라는 이유로 기피 대상이었고, 가정에서는 아버지의 권위에 눌려 살았고, 기독교인들에게는 유대교도라는 이유로, 유대인에게는 무신론자라는 이유로 외면받았고, 작가로서는 일반 대중으로부터 소외되었다. 결국 카프카는 유대인이라기에는 너무나 독일적이고, 독일인이라기엔 너무나 보헤미아적이고, 보헤미아인이라기에는 너무나 유대인적인 경계선상의 존재였다. 그럼에도 그를 독일 작가로 분류하는 것은 독일 문학과 사상, 문화에 뿌리를 두고 독일어로 작품을 썼기 때문이다.

아버지는 아들을 프라하의 상류층에 입성시키기 위해 독일계 김나지움에 보냈다. 여기서 카프카는 독일 철학과 사회주의, 무신론을 접했다. 문학작품에 탐닉한 것도 이때였다. 괴테부터 하인리히 폰 클라이스트, 아달베르트 슈티프터, 프리드리히 헤벨, 그릴파르처, 후고 폰 호프만스탈, 크누트 함순, 토마스 만, 플로베르, 스탕달, 도스토옙스키, 톨스토이, 로베르트 발저에 이르기까지 수많은 작가의 작품이 훗날 그의 문학에 정신적 자양분이 되었다.

카프카는 1901년 프라하의 독일계 대학인 카를페르디난트대학에 입학했다. 처음에는 화학을 공부했지만, 그게 자신의 길이 아님을 깨닫고 곧 인문 쪽으로 방향을 틀려고 했다. 그러나 아버지의 뜻에 따라 결국 법학을 전공할 수밖에 없었다. 대학 시절, 카프카는 그의 문학 여정에서 빼놓을 수 없는 중요한 사람을 만났다. 평생지기인 막스 브로트였다. 이 인물은 카프카의 작품을 출간하고 알리는 데 앞장섰을 뿐 아니라 카프카 사후에는 유고를 직접 출판하기도 했다. 예술가라면 누구나 부러워할 예술 후원자다.

1906년 카프카는 프라하대학에서 법학 박사학위를 받은 뒤 프라하 민사법원과 형사법원에서 1년간 법률 시보로 일했다. 이후 보험회사로 직장을 옮겨 시간제로 9개월 가까이 근무했다. 간신히 생계만 유지할 정도로 돈을 벌었지만, 대신 소명과도 같은 글 쓰는 시간을 얻을 수 있었다. 그러다 1908년 프라하 소재 보헤미아왕국 노동자재해보험공사에 관료로 취직했고, 1922년 7월 퇴직할 때까지 14년 동안 근무하면서 관료 기구의 문제점과 노동자의 위험하고도 열악한 환경, 자본주의의 냉혹함, 그 체제하에서 필연적으로 발생할 수밖에 없는 개인의 소외를 절감했다. 이때의 경험이 〈변신〉에서 벌레로 변한 주인공의 상황에 중요한 모티브로 작용했다. 다만 현실 직장에서 카프카의 평판은 좋았다. 늘 직무에 충실했을 뿐 아니라 지적이고 친절한 사람이었다. 그러나 시민사회에 뿌리를 내린 성실한 삶은 그와 맞지 않았다. "꿈과도 같은 내적 삶"에서 벗어나는 것은 모두 부차적일 뿐이었다. 그는 문학을 자신의 삶에서 유일한 의미이자 탈출구로 여겼다.

카프카의 여성 관계는 모순적이었다. 한편으로는 여성에게 매력을 느끼고 적극적으로 다가가지만, 다른 한편으로는 방어적인 태도를 보이며 달아났다. 펠리체 바우어와는 두 번 약혼하고 파혼하기를 반복했고, 율리에 보리체크와는 약혼을 발표하지만 취소했으며, 유부녀인 밀레나 예전스카에게는 섣불리 사랑을 고백했다가 거절당했고, 열다섯 살 연하의 마지막 연인 도라 디아만트와는 처음으로 안정적이고 평화로운 관계를 가졌지만 이른 죽음으로 짧은 사랑에 그치고 말았다. 여성들과의 이런 관계를 두고 일각에서는 발기부전과 동성애적 성향을 원인으로 거론하기도 하지만, 그에 대한 명확한 증거는 어디에도 없다. 다만 작가라면 수도원에 간힌 듯 외롭게 글을 써야 한다는 강박이 있었고, 가정에 헌신해야 한다는 두려움이 있었던 것은 사실이다.

1917년 카프카는 폐결핵 진단을 받고 시골에서 요양을 하며 여생을 보낼 계획을 세우지만, 직장에서 연금 신청을 거부하면서 계획은 무산되었다. 나중에는 불면과 신경쇠약 증세까지 겹쳐 1922년에 직장을 그만두었다. 그 뒤 디아만트와 단둘이 살 생각으로 베를린으로 이주하지만 병세가 급격히 악화되어 다시 부모의 집으로 돌아왔다. 이후로도 병은 호전될 기미를 보이지 않았고, 오히려 결핵균이 후두부에까지 전이되어 먹지도 말하지도 못하는 상태에 이르렀다. 결국 1924년 6월, 카프카는 호프만 요양소에서 마흔의 나이로 짧은 생을 마감했다.

〈변신〉

독일어에는 '카프카스럽다kafkaesk'는 말이 있다. 일반적으로는, 터무니없고 불가사의하고 위협적인 상황과 맞닥뜨렸을 때 느끼는 불안과 혼란스러움을 가리키는데, 카프카 문학과 관련해서 보자면 부조리한 세계와 거대 권력 앞에서 어쩔 줄 모르는 개인의 무력함과 두려움, 좌절, 실존적 위협을 의미한다. 작가는 그런 무력감을 있을 법하지 않은 초현실적인 사건과 대상을 빌려 표현한다. 그것도 아주 명료하게 말이다. 한 문장 한 문장이 지극히 구체적이고, 대상을 추상화하거나 서술이 감상적으로 흐르는 일은 없다. 묘사는 언제나 정확하고 객관적이고 건조하다. 그러나 세부 묘사가 아무리

치밀하더라도 사건 자체는 기괴하기 짝이 없고, 독자는 이런 기괴한 당혹감 속에서 한발 떨어져 실제 현실을 다시 한 번 바라볼 수 있다. 이런 의미에서 〈변신〉은 지극히 카프카스러운 작품이다.

주인공 그레고르는 어느 날 아침 갑자기 벌레로 변해 깨어난다. 이게 꿈일까, 현실일까? 사람이 벌레로 변하는 것이 가능할까? 당연히 상상 속에서나 가능하다. 게다가 동화와 우화에서도 인간이 소나 개구리처럼 동물로 변신하기는 하지만, 벌레로 변하는 일은 없다. 이른바 최악의 '격하 변신'이다. 그렇다면 인간으로 다시 격상되는 것은 가능할까? 동화에서는 대개 동물로 변한 인간이 다른 이들을 위기의 순간에서 구하거나 도와주면서 다시 인간이 된다. 그러나 카프카의 작품에서 주인공은 벌레로 계속 살아가다가 가족들에게 버림받고 쓸쓸히 죽어간다. 왜 이런 허황한 설정이 필요했을까? 그렇다, 알레고리다. 작가는 꿈과 같은 비현실적인 일을 빌려 현실을 이야기한다. 카프카 자신도 이 작품에 대해 이렇게 설명한다. "변신은 섬뜩한 꿈이다. 소름 끼치는 상상이다. 꿈은 마음속의 현실을 폭로한다. 삶의 공포다. 예술은 그것을 충격적으로 드러낸다." 그렇다면 그의 내면에 자리 잡은 현실은 어떤 현실일까?

그레고르는 일벌레다. 아버지가 도산한 후 "전국을 떠도는 외판원"으로 일하며 가족의 생계를 책임져야 하는 주인공은 매일 새벽같이 일어나 정확한 시간에 일터로 간다. 지난 5년간 단 한 번도 결근하지 않았고, 퇴근 뒤에도 개인 생활 없이 오직 회사만 생각한다. 취미라고 해봤자 실톱으로 작은 액자를 만들어, 화보 잡지에서 오린 아름다운 여인의 사진을 끼우는 게 고작이다. 심지어 벌레로 변한 뒤에도 자신의 현재 상황을 걱정하기보다 출근을 하지 못해 안달이고, 머릿속으로는 정시에 출발하는 기차 시간밖에 생각하지 않는다. 그에게는 일이 전부다. 그렇다고 좋아서 하는 건 아니다. 아버지의 빚만 갚으면 당장 직장을 때려치우고 새 삶을 시작하고자 한다. 그러나 지금은 일을 해야 한다. 싫어도 아파도, 심지어 벌레가 되어서도 일을 해야 한다. 그의 실존에 자신은 없고, 삶의 주인은 일이다.

현대 자본주의가 개인에게 요구하는 것이 바로 그런 삶이다. 자본주의는 인간 삶을 외형적으로만 지배하는 것이 아니라 그 지배 원칙을 개인의 내면에 각인시킨다. 개인은 아무리 만신창이가 되어도 일을 해야 하고, "아침에 고작 몇 시간" 늦는 일로도 "양심의 가책"을 느껴야 한다. 개인은 거대한 공장의 부품으로서 그 안에서 자신에게 맡겨진 역할을 얼마나 성실히 수행하느냐에 따라 가치가 평가된다. 만일 이 시스템에서 기능을 다하지 못하면 쓸모없는 인간이 되고, 그런 인간은 벌레나 다름없다. 그건 그레고르의 가족에게도 마찬가지다. 이 책에서 '벌레'로 번역된 독일어 '운게치퍼 Ungeziefer'는 일반 곤충이 아니라 건강한 사람들에게 기생하는 해충을 가리킨다. 따라서 노동력 상실로 부양의 의무를 다하지 못하는 그레고르는 이제 단순한 무능력자를 넘어 가족들의 피를 빨아먹는 존재로 취급당한다. 이런 사람은 더 이상 인간이 아니라 나중에 가족들이 지칭하는 것처럼 치워버려야 할 성가신 물건("저것")으로 전락한다.

물론 가족들도 처음부터 이렇게 매정한 태도를 보인 것은 아니다. 여동생은 안타까운 마음으로 오빠를 보살피고, 어머니는 언젠가 그레고르가 인간으로 돌아오기를 희망하며 아들의 방을 그대로 두려 한다. 하지만 그런 그들도 인내심의 한계에 이르고, 아버지는 결국 분노를 이기지 못하고 사과를 던져 아들의 등에 박히게 한다. 여기서 사과는 카프카가 자주 사용하는 성서의 상징과 관련이 있다. 태초의 인간은 사과, 즉 선악과를 따먹음으로써 낙원에서 쫓겨난다. 카프카의 작품에서도 사과는 "눈에 보이는 육신 속의 기념비"처럼 원죄의 상징이다. 다만 성서에서는 선악을 구분하는 '생각'을 갖게 된 것이 원죄라면, 현대 자본주의 사회에서는 그레고르처럼 사회적 기능을 수행하지 못하는 인간이 죄악시되고 도태된다.

다른 한편, 카프카는 가족을 비롯해 아무리 깊고 끊을 수 없는 인간관계도 결국 미혹에 불과하다는 무서운 진실을 우리에게 보여준다. 그레고르의 변신에서부터 죽음에 이르기까지 가족들이 보인 태도는 가정조차 수고와 보상이라는 응분의 이해관계에 따라 움직일 뿐, 순수한 애정으로만 이루어져 있지 않음을 증명한다. 그레고르는 결국 가족으로부터 버림받고, 그의 죽음은 가족에게 무거운 짐으로부터의 해방으로 받아들여진다.

그레고르의 변신 역시 자본주의 사회가 인간에게 씌워놓은 굴레로부터의 해방이라고 볼 수 있다. 직장인치고 아침에 일어나면서 한 번이라도 해방을 꿈꾸지 않은 사람이 있을까? 누군가는 새가 되어 하늘을 훨훨 날아 아름다운 해변에서 휴가를 즐기고 싶을 테고, 누군가는 바다를 자유롭게 유영하는 고래가 되어 세상 곳곳을 누비고 싶을 수도 있다. 이렇듯 그레고르의 변신은 지금껏 자신을 옥죄던 부양의 의무를 벗어던지고 다른 삶을 살고 싶은 내면의 무의식적 소망이 표출된 것으로 볼 수도 있다.

이제 그레고르의 실존으로 돌아가보자. 벌레로의 변신이 일에만 목을 매고 사는 실존의 변형이든, 아니면 부양의 의무에 사로잡힌 과거의 자신에게서 벗어나기 위한 무의식적인 소망이든, 그는 어쨌든 이제부터 벌레의 몸으로 살아가야 한다. 처음에는 당연히 그 몸이 낯설지만, 시간이 가면서 차츰 적용해가고 음식도 벌레의 본성에 맞는 것을 찾고 탐닉한다. 그러나 그의 내면엔 여전히 인간이 있다. "자신으로 인해 야기된 이 불쾌한 상황을 가족들이 견딜 수 있게 최대한 인내하고 배려"하고, 가족의 미래를 걱정하고, 과거를 회상하고, 연민을 느끼고, 논리적으로 생각하고, 예민하게 느낄 줄 아는 그런 인간이다. 그렇다면 그레고르는 벌레의 몸에 인간의 정신을 갖고 사는 모순적 존재다. 그런데 몸에 서서히 적응되면서 벌레의 삶에 익숙해지는 반면에 가족의 냉대로 정신은 점점 고통에 시달린다. 이제 그레고르에게 선택이 남는다. 이대로 벌레로 살 것인가, 아니면 인간으로 살 것인가?

어쩌면 그를 다시 인간으로 변하게 할 수 있는 유일한 동력은 가족의 관심과 애정일지 모른다. 그러나 어느 누가 그런 흉측한 벌레를 인간으로 여기고, 사랑으로 보살필 수 있을까? 가족의 외면은 필연적이다. 그들의 눈에 그레고르는 그저 없어져 줬으면 하고 바라는 끔찍한 물건일 뿐이다.

그레고르는 갈수록 입맛이 없어진다. 등에 박힌 사과로 인한 통증 때문이기도 하고, 익숙한 방의 풍경이 바뀐 것에 대한 슬픔 때문이기도 하다. 그러나 그보다 더 큰 이유는 가족에게서 받은 마음의 상처다. 그러던 어느 날 그는 자신이 진정으로 원하는 음식이 무엇인지 깨닫는다. 육신의 생명을 유지하기 위한 음식이 아닌, 바로 정신의 양식이다. 동생이 하숙생들 앞에서 바이올린을 연주할 때였다. 그레고르는 음악을 듣는 순간 마치 무엇에 홀린 것처럼 방에서 나가 귀를 기울인다. 마치 자신이 "동경하던 미지의 양식을 찾아가는 길"이 눈앞에 열린 듯했다. 이후 그는 가족을 "감동과 사랑"으로 떠올린다. 어쩌면 "자신이 없어져야 한다는 생각"은 동생보다 그 자신이 더 확고했을지 모른다. 결국 그는 지치고 병든 몸을 내려놓고 희미한 새벽빛을 받으며 평화롭게 숨을 거둔다. 그의 변신은 동물 안에 있는 인간적 존재에 대한 동경을 일깨우는 의미를 띠고 있다.

반면에 그레고르의 말라비틀어진 시체를 치우고 나자 식구들은 오랜만에 따스한 햇살을 받으며 야외로 소풍을 떠나고, 안도감 속에서 더 나은 미래를 이야기하고, "어느새 아름답고 풍만한 숙녀로 활짝 피어"난 딸아이의 모습을 보며 착실한 남편감을 찾아줄 시간이 되었다고 생각하면서 자신들의 "선한 의도"가 옳았다고 느낀다. 독자의 입장에서는 비애감이 들지 않을 수 없는 결말이다.

〈시골 의사〉

"무척 당혹스러웠다"는 말로 시작하는 이 소설은 사실 독자들에겐 더 당혹스럽다. 꿈과 같은 초현실적인 이야기 전개는 도무지 종잡을 수가 없다. 난데없이 가상의 존재들이 튀어나오고, 상황에 맞지 않는 이상한 말들이 오간다. 그만큼 해설의 스펙트럼은 넓을 수밖에 없지만, 여기서는 정신분석학적 관점에 초점을 맞추어보겠다. 무엇보다 이 작품을 읽으면서 처음 떠오른 것이 프로이트였기 때문이다.

눈보라가 몰아치는 날, 1인칭 화자인 시골 의사는 멀리 떨어진 마을로 급히 왕진을 가야 할 일이 생겼는데, 마차를 끌 말이 없다. 하녀가 온 마을을 돌아다니며 말을 구해보려 하지만 헛수고다. 의사는 산란한 마음에 "돼지우리의 부서진 문"을 걷어찬다. 그런데 놀랍게도 거기서 마부가 나온다. 어리둥절해하는 주인을 향해 하녀가 말한다. "사람들은 자기 집에 뭐가 있는지도 몰라요." 이는 프로이트의 정언적 선언과 일맥상통한다. "나는 내 집의 주인이 아니다!"

겉으로 드러난 에고는 빙산의 일각일 뿐 그 아래에는 무한한 무의식이 숨어 있고, 그 무의식의 핵심은 동물적 충동이라는 것이다. 이런 의미에서 마부는 시골 의사가 오랫동안 억누르고 있던 성적 충동의 메타포이고, 그 대상은 수년 동안 의사의 집에 함께 살았던 "어여쁜" 하녀 로자다. 작품에서 아내에 대해 언급이 없는 것으로 봐서 의사는 독신이든지, 아니면 어떤 식으로든 아내와 이별한 상태로 보인다. 이런 상황에서 지금껏 별로 신경을 쓰지 않았던 아름다운 하녀에 대한 의사의 성적 충동이 봇물처럼 터져나온다. "몇 년 전부터 사용하지 않던 돼지우리"는 그동안 쌓여온 성충동의 억압을 의미하고, 마부가 "네 발"로 기어나온 것은 동물적 본성을 암시한다. 게다가 마부가 자신에게 다가온 하녀를 와락 껴안고 얼굴을 비비며 볼을 깨문 것은 성충동의 폭력적 발현이다.

마부의 외침에 뒤이어 나온 말 두 마리는 더 노골적이다. "옆구리가 실하고 힘이 좋아 보이는" 녀석들은 "낙타처럼 잘생긴 머리를 숙이고 다리를 안쪽으로 모은 채, 몸통을 돌리는 힘만으로 좁은 칸막이에서 빠져나"오고, 곧이어 "다리를 쭉 펴고 몸을 꼿꼿이" 세우고, "몸통에서는 연신 더운 김이 피어"오른다. 이는 좁은 공간에서 해방되어 나온 남근이 힘차게 발기하는 모습을 떠올리게 한다. 그런데 마부는 의사와 같이 가지 않고 하녀 로자와 남겠다고 한다. 순간 의사는 마부의 의도를 눈치채고, 그가 같이 가지 않으면 자신도 가지 않겠다고 대답한다. 그러나 이 말에는 별로 진심이 느껴지지 않는다. 왜냐하면 그는 "이제껏 이렇게 멋진 마차를 탄 적이 없다는 생각"이 들면서 "즐거운 마음으로 마차에"오르기 때문이다. 로자는 "피할 수 없는 운명을 예감하며" 집 안으로 도망쳐 문이라는 문을 죄다 잠가버린다. 그러나 한번 터져나온 성적 욕망은 쉽게 통제되지 않는다. 사내의 손뼉 소리에 마차가 앞으로 쏜살같이 튀어나가는 순간, 사내가 현관문을 부수고 들어가는 소리가 들린다.

마차는 순식간에 환자의 집에 도착한다. 처음에 의사는 자신을 죽여달라는 앳된 청년을 꾀병 환자로 여긴다. 그러다 두 번째 진찰 결과 환자의 오른쪽 엉덩이 쪽에서 손바닥만 한 상처를 발견한다. "분홍빛이 도는 상처"는 "안으로 들어갈수록 색이 짙고 바깥으로 나올수록 엷다. 불규칙하게 피가 몰린 좁쌀 모양의 발진이 보이고, 상처는 노천광처럼 노출되어 있다." 이것은 여성의 성기를 연상시킨다. 게다가 그 상처 안에는 굵기와 길이가 "새끼손가락만 하고, 몸 자체가 분홍빛인 데다 피까지 묻어 있는 벌레들이 상처 안쪽에 달라붙은 채, 흰 머리통과 무수한 다리를 움직이며 밝은 곳으로 나오려고 꿈틀거린다." 이것은 남성의 정자를 암시하는 듯하다. 더구나 상처의 분홍빛rasa은 하녀 로자Rosa의 이름과 같다. 그렇다면 그 상처는 로자가 마부의 성욕에 제물이 되었다는 뜻이다. 의사는 이

상처를 꽃, 즉 장미꽃이라 부르며 환자가 이 꽃 때문에 죽을 거라고 생각한다.

그런데 환자는 이런 상처를 안고 살아가는 것을 견디지 못하겠다며 자신을 구해달라고 한다. 그러나 이건 의사가 할 수 있는 일이 아니다. 그런 상처는 오랜 옛날 사제와 샤먼이나 치료할 수 있다. 그러나 사람들은 이제 신앙을 잃어버렸다. 대신 메스를 들고 환부만 치료할 줄 아는 의사들에게 사제의 역할을 요구한다. 과학적인 방법으로는 더는 환자를 고칠 수 없게 되자, 마을 사람들은 시골 의사를 발가벗겨 환자 옆에 누인다. 고대의 샤머니즘적인 치료 방식을 떠올리게 하는 대목이다. 그러나 의사는 사제가 아니다. 그렇다고 환자를 치료할 수도 없다. 이제 시골 의사는 환자의 구원 대신 자신의 구원을 생각하고 여기서 달아나기로 마음먹는다. 여기서 환자는 의사의 거울상처럼 보인다. 성적 욕망의 상처를 안고 구원을 바라는 의사의 도펠갱어 말이다. 이런 측면에서 소설은 성적 욕망의 꿈이 만들어낸 한 편의 심령드라마 같은 인상을 풍긴다.

환자의 집을 도망치듯이 빠져나온 의사는 마차를 타고 집으로 돌아가려 한다. 올 때처럼 순식간에 말이다. 그런데 말이 말을 안 듣는다. "고삐는 느슨하게 풀려 바닥에 질질 끌렸고, 두 말은 서로 연결되어 있지 않았고, 마차는 뒤에서 길을 잃고 흔들거렸으며, 외투는 마차 맨 뒤에서 눈 속에 휘날렸다." 순간 이동을 가능케 했던 "이랴!"라는 주문도 더는 통하지 않는다. 이제 그의 늙은 몸은 벌거벗은 채, "저 세상의 말이 끄는 이 세상의 마차를 타고 이 불행한 시대의 혹한 속을 정처 없이 떠돈다." 여기서 저 세상은 우리 의식의 이면에 존재하는 동물적 본능의 세계(프로이트의 이드)이고, 이 세상은 의식으로 그 본능을 통제하고 억압하는 에고의 세계다. 그러나 겉으론 슈퍼에고가 이드를 끄는 것처럼 보이지만, 실제로는 인간의 의식 저 밑바닥에 있는 동물적 본능이 인간을 끌고 간다. 결국 인간은 시골 의사처럼 가식의 옷을 벗으면 욕망의 말이 이끄는 마차를 타고 이 세상을 정처 없이 떠도는 방랑자의 운명이 아닐는지….

박종대

작가 연보

1883년

- 7월 3일, 프라하에서 독일어를 쓰는 유대인 중산층 가정의 장남으로 태어남. 보헤미아 남부 출신의 아버지 헤르만 카프카는 장신구 가게를 운영했고, 유복한 가문 출신의 어머니 율리에는 남편 가게에서 매일 열두 시간씩 일함. 이후 남동생 둘은 영아기에 죽고, 여동생 셋이 태어남. 카프카는 특히 막내 여동생과 가깝게 지냈는데, 세 동생은 훗날 아우슈비츠 수용소에서 사망함.

1889~1893년

- 프라하 구시가지에 있는 독일계 학교 플라이슈마르크트 초등학교에 다님. 보헤미아계 독일인들이 상류층을 차지한 주류 사회에 편입하려는 부모의 뜻이 담긴 조치임. 이로써 카프카는 '독일어를 사용하는 유대인'으로서 완전한 유대교도도 기독교인도 아니고, 그렇다고 프라하의 대다수를 차지하는 체코인도 아닌 이방인의 삶을 경험함.

1893~1901년

- 독일계 김나지움에 입학. 습작 시작. 이때 쓴 작품들은 일기와 함께 유실됨.

1900년

- 여름, 체코 동부 모라비아 지방의 시골 의사인 외삼촌 지크프리
트 뢰비의 집에서 방학을 보냄. 외삼촌은 《탈무드》에 정통하고
독신 생활을 하던 기인이었는데, 훗날 〈시골 의사〉 집필에 영감
을 줌. 니체의 저작을 읽기 시작함.

1901년

- 가을, 프라하의 독일계 대학인 카를페르디난트대학에 입학. 처
음엔 화학과 독문학, 예술사 강의를 듣다가 법학으로 전공을
정함.

1902년

- 가을, 뮌헨을 여행하면서 독문학을 전공할 계획을 세워보지만
가족의 기대를 저버릴 수 없어 결국 프라하대학에서 법학을 계
속 공부함.
- 10월 23일, 평생지기 막스 브로트를 만남. 그는 카프카의 책 출
간을 돕고, 사후에는 유고를 직접 출판함으로써 카프카를 알리
는 데 큰 공을 세움.

1905년

- 단편 〈어느 투쟁의 기록Beschreibung eines Kampfes〉 집필 시작. 막
스 브로트, 오스카 바움, 펠릭스 벨치와 정기적으로 교류함. 이들
은 훗날 프라하의 유대계 문인 모임 '프라하 서클'을 결성함.

1906년

- 6월, 법학 박사학위를 받음.
- 가을부터 프라하 민사법원과 형사법원에서 1년간 법률 시보로 일함.

1907년

- 미완성 단편 〈시골에서의 결혼 준비 Hochzeitsvorbereitungen auf dem Lande〉 집필 시작.
- 10월, 첫 직장으로 이탈리아계 보험회사 프라하 지점에 취직해 서 9개월 가까이 근무함.

1908년

- 3월, 문예지 《히페리온》에 '관찰 Betrachtung'이라는 제목으로 여 덟 편의 짧은 산문을 발표함.
- 7월, 프라하 소재 '보헤미아왕국 노동자재해보험공사'로 직장을 옮겨 1922년 7월 퇴직할 때까지 14년 동안 근무함. 여기서 일하 면서 관료 기구의 문제점과 노동자의 열악한 여건, 자본주의의 냉혹함, 개인의 소외를 뼈저리게 느낌.

1909년

- 초여름부터 일기를 쓰기 시작함.
- 9월에는 막스 브로트와 그의 동생 오토 브로트와 함께 북부 이탈 리아로 여행을 떠남. 프라하 일간지 《보헤미아》에 이탈리아 브 레시아에서 열린 항공 박람회 기행문 게재.

– 가을에는 〈어느 투쟁의 기록〉 일부인 〈기도하는 자와의 대화Gespräch mit dem Beter〉와 〈취한 자와의 대화Gespräch mit dem Betrunkenen〉를 《히페리온》에 발표함.

1910년

– 5월, 직장에서 승진하고 선거 집회 및 사회주의 대중 집회에 참석함.
– 10월, 막스 브로트 형제와 함께 파리로 여행을 떠남.

1911년

– 9월 말, 취리히 근교 에얼렌바흐 자연치료 요양원에 머묾. 몇 달 동안 프라하에서 순회공연 중이던 동부 유대인 극단과 만남. 극단 배우 이차크 뢰비와 우정을 나누면서 동유럽 유대인들에게 잘 보존되어 있던 유대교 전통에 관심을 보임. 아버지 자금으로 여동생 남편의 석면공장 사업에 동참하지만, 회사에 신경을 쓰지 않고 남들처럼 정상적인 사회인으로 살려고 하지 않는다고 비난받음.

1912년

– 8월, 막스 브로트의 집에서 펠리체 바우어와 처음 만나 편지 교환을 시작함. 이후 5년간 300여 통의 편지를 주고받음. 두 사람은 1917년 관계가 끝날 때까지 두 번 약혼과 파혼을 반복함. 시민적 삶이 그의 문학적인 삶에 방해가 될 거라고 생각해 평생 결혼을 주저함. 단편소설 〈선고Das Urteil〉와 〈변신〉 집필. 겨울에

는 장편소설《실종자Der Verschollene》가 일부 완성됨(이 작품은 1927년 막스 브로트에 의해 '아메리카'라는 제목으로 출간됨).

- 12월, 카프카의 첫 작품집《관찰》이 에른스트 로볼트 출판사에서 출간됨.

1913년

- 5월,《실종자》의 첫 장에 해당하는 〈화부Der Heizer〉가 쿠르트 볼프 출판사의 표현주의 문학 시리즈 '최후의 심판'에 실림.
- 6월, 〈선고〉가 문학 연감《아르카디아》에 발표됨.

1914년

- 6월 1일, 베를린에서 펠리체 바우어와 약혼함.
- 7월 12일, 바우어와 파혼함.
- 8월, 제1차 세계대전 발발과 함께 징집령이 떨어지지만, 노동자 재해보험공사의 요청으로 징집을 면제받음.《소송Der Process》과 〈유형지에서In der Strafkolonie〉 집필에 몰두.

1915년

- 1월, 파혼 이후 펠리체를 다시 만남. 프라하 시내에 처음으로 방을 얻어 독립함. 〈변신〉이 잡지《디 바이센 블래터Die weißen Blätter》에 실림. 카를 슈테른하임이 존경의 표시로 '폰타네상'을 양보함으로써 카프카가 〈화부〉로 이 문학상을 받음.

1916년

- 4월, 오스트리아 작가 로베르트 무질이 프라하의 카프카 집 방문.
- 7월, 펠리체와의 관계가 회복되어 휴양지 마리엔바트에서 열흘 간 휴가를 함께 보냄.
- 10월, 〈선고〉가 쿠르트 볼프 출판사 '최후의 심판' 시리즈로 출 간됨.
- 11월, 뮌헨에서 작품 〈유형지에서〉 낭독회가 열림. 여동생 오 틀라가 제공한 프라하의 작은 집에 6개월가량 머물면서 작품 집《시골 의사》에 수록될 단편들(〈회랑에서 Auf der Galerie〉, 〈이웃 마을 Das nächste Dorf〉, 〈황제의 전언 Eine kaiserliche Botschaft〉)을 집 필함.

1917년

- 3월, 히브리어를 배우기 시작함.
- 7월, 펠리체와 다시 약혼함.
- 8월, 처음으로 각혈을 함.
- 9월, 폐결핵 진단을 받음. 시골에서 요양하며 여생을 보낼 계획 으로 노동자재해보험공사에 연금을 신청하지만 거부당함.
- 12월, 펠리체 바우어와 다시 파혼함. 표면상 이유는 카프카의 질 병이었음. 〈학술원에 보내는 보고서 Ein Bericht für eine Akademie〉 가 잡지《유대인 Der Jude》에 실림.

1918년

- 오틀라의 작은 농장이 있던 보헤미아 북부 취라우에 머물면서

산문 〈세이렌의 침묵Das Schweigen der Sirenen〉을 비롯해 많은 잠
언을 씀.
- 5월, 프라하로 돌아와 다시 직장을 다님.
- 12월, 프라하 북쪽의 셸레젠에서 4개월간 요양함.

1919년
- 5월, 〈유형지에서〉가 쿠르트 볼프 출판사에서 출간됨.
- 9월, 요양지 셸레젠에서 만난 유대인 수공업자의 딸 율리에 보
리체크와 약혼을 발표하지만, 아버지의 반대로 1920년 7월에 약
혼을 취소함. 이 일을 계기로 자신의 부자 갈등을 담은 《아버지
께 드리는 편지Brief an den Vater》를 씀.

1920년
- 3월, 직장 동료의 아들 구스타프 야누흐와 자주 산책을 하며 대
화를 나눔(야누흐는 1951년 회상 형식으로 쓴 《카프카와의 대화
Gespräche mit Kafka》를 출간함). 체코 출신의 여기자이자 카프카의
작품을 체코어로 번역한 밀레나 예젠스카와 편지 교환을 시작함.
- 5월, 두 번째 단편집 《시골 의사》가 쿠르트 볼프 출판사에서 출
간됨.
- 12월, 슬로바키아 타트라 산지로 요양을 떠남. 여기서 우화 형식
의 단편 〈귀향Heimkehr〉과 〈작은 우화Kleine Fabel〉를 씀.

1921년
- 8월, 다시 프라하로 돌아와 두 달 정도 직장을 다니다가 이듬해

퇴직할 때까지 장기 휴가를 얻음.

- 10월, 밀레나 예젠스카에게 10년간(1910~1920)의 일기를 모두 건네고, 이후 일기를 새로 쓰기 시작함. 막스 브로트에게는 자신의 사후에 모든 원고를 불태워달라고 부탁함.

1922년

- 1월, 불면과 신경쇠약 증세가 나타났다고 일기에 토로함. 체코 북부 리젠산맥의 슈핀델밀레에서 3주간 요양하며 《성 Das Schloß》을 쓰기 시작함.

- 2월, 요양에서 돌아와 단편 〈첫 고통 Erstes Leid〉과 〈단식 광대 Ein Hungerkünstler〉를 씀.

- 7월, 14년 동안 다닌 직장을 그만두고 연금 생활을 시작함.

- 8월, 다시 신경쇠약 증세가 나타나 프라하 서쪽의 플라나에서 요양함.

1923년

- 병세가 악화되면서 시오니즘에 더욱 열성을 보이며 히브리어 공부에 집중함.

- 7~8월, 여동생 엘리 가족과 발트해 연안의 뮈리츠로 여행을 떠나고, 거기서 열다섯 살 연하의 마지막 연인 도라 디아만트를 만남(카프카는 도라와 함께 텔아비브로 이주해 식당을 운영할 계획까지 세움).

- 9월, 디아만트와 동거하기 위해 프라하를 떠나 베를린으로 이사하고, 단편 〈작은 여인 Eine kleine Frau〉을 씀.

1924년

- 3월, 병세가 급격히 악화되어 막스 브로트가 카프카를 프라하로 데려옴. 마지막 작품 〈요제피네, 여가수 혹은 쥐의 족속Josefine, die Sängerin oder Das Volk der Mäuse〉을 씀.
- 4월, 폐결핵이 후두부까지 전이되었다는 진단을 받고 빈 북쪽 키얼링시의 호프만 요양소로 옮겨져 생의 마지막 시간을 보냄. 도라 디아만트의 간호를 받으며 요양소에서 마지막 작품집《단식 광대》의 교정을 봄.
- 6월 3일, 호프만 요양소에서 마흔의 나이로 숨을 거둠.
- 6월 11일, 프라하의 유대인 공동묘지에 묻힘.

카프카를 읽는 자

꿈의 문법에 따라 쓴다. 카프카라는 이름과 함께 내게 자연스레 떠오르는 문장이다. 카프카는 까마귀이자 프라하이고, 그레고르 잠자 혹은 K로 지칭되는 꿈속의 인물이다. 우리가 꿈속에서 헛되이 진지하듯이 그처럼 헛되고 진지한 시도와 절망들. 꿈을 문학의 한 장르로 만든 작가는 카프카가 아닐까 하고 나는 생각한다. 현실에서 우리가 이해할 수 없는 상황과 만날 때, 비밀의 장막에 숨겨진 듯한 제도나 체제, 법의 장벽과 마주칠 때, 우리를 초월해서 있는 불가해한 권력의 존재를 희미하게 느낄 때, 그것은 지극히 카프카적이다. 그 어떤 설명도 없이 우리는 벌레로 변신할 수 있으며, 아무 잘못도 없이 체포될 수 있고, 심지어 그것은 지극히 합당하며, 측량사는 성으로부터 일을 의뢰받았으나 아무도 그에게 일을 의뢰하지 않았다. 카프카는 양말을 뒤집듯이, 그 어떤 흔적도 없이 꿈과 현실을 역전시킨다. 우리는 알아차리지 못한다. 혹은 알아차리지만 차마 그것을 믿지 못하고 숨겨진 코드를 찾으려고 헛되이 두리번거린다. 그의 언어가 놀랄 만큼 사실적이고 객관적이고 간결하기 때문이다. 심지어 카프카가 문체를 포기함으로써 문체를 완성했다고 말해지기도 한다. 꿈의 문법 아래 놓인 현실의 언어.

나는 카프카와 관련해서는 운이 좋은 편이었다고 생각한다. 카프카를 학교 권장 도서로 만나지 않았고, 비교적 늦게 카프카를 읽은 편이고, 〈변신〉보다 먼저 《성》을 읽었으며, 카프카의 꿈에 관한 발췌 모음집인 《꿈》을 읽을 기회를 가졌기 때문이다. 그래서인지 나는 청소년 교육 문학으로서 의미와 해석을 요구당하는 카프카를 알지 못했다.

언젠가 나는 신기한 우연으로 고등학생들의 문학 행사에 참석하게 되었다. 그때 청중 속에서 한 학생이 사회자에게 이런 질문을 한 것이 오래 기억에 남았다.

"나는 카프카를 이해하고 싶다. 정말이지 잘 이해하고 싶다. 사람들은 카프카의 〈변신〉이 이해하기 쉬운, 학생들이 읽기에 좋은 책이라고 추천했다. 그래서 〈변신〉을 읽었는데 나는 혼란에 빠지고 말았다. 무슨 소리인지 전혀 이해할 수 없었다. 이것이 도대체 무슨 의미인지, 작가가 무슨 말을 하려고 했는지 전혀 알 수 없었다. 어떻게 하면 카프카를 이해할 수 있는지 묻고 싶다."

그 학생의 질문은 매우 진지하고 그만큼 간절하게 들렸다. 그런데 왜 하필이면 다른 작가가 아닌 카프카를 이해하고 싶어 하는 걸까. 여기서 카프카는 어쩌면 하나의 문일지도 모른다. 우리가 알려지지 않은 익명의 어떤 자장 속으로 마침내 들어갈 수 있는. 만약 내가 그런 질문이 담긴 편지를 받게 된다면 — 물론 현실에서 나는 그런 질문을 받을 기회가 절대로 없을 것이고 그 사실이 매우 마음에 들지만— 아마 이렇게 답장을 써 보낼 것 같다.

카프카를 이해하고 싶은 K군에게

당신은 카프카를 이해하고 싶군요.

그런데 문장도 스토리도 이해하기 쉽다는 〈변신〉을 읽었는데, 한마디로 작가의 의도 그것을 이해할 수 없고, 그래서 뭔가 명쾌한 기분이 들지 않는다고 했습니다.

그렇다면 일단 두 가지 길이 있습니다. 첫 번째는, 카프카는 알 수 없는 작가야, 나는 방향성이 선명한 작가를 읽겠어, 하고 마음먹고 카프카를 던져버리면 됩니다. 이 세상에 문학은 밤하늘의 별처럼 많으니까요. 앞으로 점점 더 많아질 테니까요. 어차피 우리는 이 세상의 모든 훌륭한 문학을 다 알지 못한 채로 세상을 떠날 수밖에 없으니까요.

하지만 그렇지 않을 경우, 아마도 당신은 조금 더 노력을 해서라도 카프카를 알고 싶은 거겠죠.

나라면 이렇게 해보겠어요.

나는 조용히, 카프카의 다른 작품을 읽겠습니다. 예를 들자면 《성》 같은 거요. 《성》은 좀 길어요. 사실은 〈변신〉에 비하면 훨씬 더 길죠. 그러니 시간이 걸릴 겁니다. 하지만 서두를 필요는 없어요. 천천히 읽으세요.

《성》을 다 읽었는데도 여전히 카프카가 말하고자 하는 것을 알 수 없다면

이번에는 〈단식 광대〉, 〈시골 의사〉 같은 단편들이 있어요.

《소송》,《판결》등의 장편도 있습니다.

그런 것들을 천천히 읽으세요.

카프카가 정말로 아름다운 일기를 남긴 것도 아시죠? 뿐만 아니라 여러 친구와 가족, 연인들에게 오랜 세월 동안 수많은 편지를 써 보냈답니다. 한국에 번역된 것도 많아요. 어떤 사람들은 카프카의 편지를 읽다가 의외로 편지 문학의 아름다움을 발견하기도 한답니다.

하지만 당신은 카프카만 읽으면서 살 수 없어요. 그사이 당신은 학교를 졸업하고, 대학에 들어가고 어쩌면 나중에 직업을 갖고 일을 하게 되겠죠. 그사이에 읽어야 할 책들도, 해야 할 공부도 많아질 겁니다. 자신과 가족을 위해 돈도 벌어야 하겠죠. 이 모든 무게가 당신을 짓누를지도 몰라요. 그러다 보면 당장 아무런 이익도 생기지 않는 카프카 따위가 무슨 소용인가 하는 생각이 드는 시기도 분명 있을 거예요. 나중에 결혼을 하고 아이가 생기면 책 읽을 시간은 점점 더 줄어들 겁니다. 하지만 아무도 우리를 재촉하지 않아요. 마음이 내키지 않으면 잠시 쉬어도 아무 문제 없어요.

좀 더 빨리 가고 싶어서 카프카에 대한 이런저런 해설서를 굳이 읽어볼 필요까지는 없다고 생각합니다.

그러니 천천히 읽으세요.

카프카는 하나의 책으로 완성되지 않은 많은 유작 원고를 남겼어요. 단편적인 원고들입니다. 하지만 그것들 또한 무척 아름다우며 지극히 카프카적인 것들입니다. 그러니 출간된 그것들을 읽어봐도 나쁘지 않을 거예요.

이 모든 것을 다 읽으려면 긴 시간이 걸릴 겁니다.

그리고 심지어는 이렇게 읽었는데도 카프카가 말하려던 것이 뭐지? 하는 질문에 명쾌한 정답을 발견하지 못한다고 느낄 수도 있어요.

하지만 정말로 이렇게 읽었을 경우,

어쩌면 당신은

더 이상 "카프카의 의도가 무엇인가요?" 하는 질문을 나에게 던지고 싶지 않을 겁니다.

그런 질문이 당신의 카프카 독서에

더 이상 전처럼 중요하게 느껴지지 않을 겁니다.

당신은 '카프카를 읽는 자'가 되었을 테니까요.

배수아(소설가)

책세상 세계문학 006

변신 / 시골 의사
Die Verwandlung / Ein Landarzt

초판 1쇄 발행   2022년 9월 13일

지은이	프란츠 카프카
옮긴이	박종대

펴낸이	김현태
펴낸곳	책세상
등록	1975년 5월 21일 제2017-000226호
주소	서울시 마포구 잔다리로 62-1, 3층(04031)
전화	02-704-1251
팩스	02-719-1258
이메일	editor@chaeksesang.com
광고 · 제휴 문의	creator@chaeksesang.com
홈페이지	chaeksesang.com
페이스북	/chaeksesang **트위터** @chaeksesang
인스타그램	@chaeksesang **네이버포스트** bkworldpub

ISBN 979-11-5931-860-3 04800
ISBN 979-11-5931-794-1 (세트)